Rose et Ninette

ŒUVRES D'ALPHONSE DAUDET

PUBLIÉES PAR LA LIBRAIRIE E. FLAMMARION

Collection in-18 à 3 fr. 50

Majoration temporaire de 1 fr. 25.

―――

ROMANS

LA PETITE PAROISSE.
LA BELLE NIVERNAISE.
PREMIER VOYAGE.
LA FEDOR.
AVENTURES PRODIGIEUSES DE TARTARIN DE TARASCON.
TARTARIN SUR LES ALPES.
PORT-TARASCON.
JACK.
SAPHO.
L'OBSTACLE.
ROSE ET NINETTE
LES ROIS EN EXIL.
L'EVANGÉLISTE.
ROBERT HELMONT.

SOUVENIRS

TRENTE ANS DE PARIS.
SOUVENIRS D'UN HOMME DE LETTRES.

ALPHONSE DAUDET

Rose et Ninette

MŒURS DU JOUR

PARIS

ERNEST FLAMMARION, ÉDITEUR

26, RUE RACINE, 26

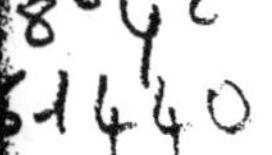

Rose et Ninette

« Après avoir vu clairement que le travail des livres et la recherche de l'expression nous conduisent tous au paradoxe, j'ai résolu de ne sacrifier jamais qu'à la conviction et à la vérité, afin que cet élément de sincérité complète et profonde dominât dans mes livres et leur donnât le caractère sacré que doit donner la présence divine du vrai, ce caractère qui fait venir des larmes sur le bord de nos yeux lorsqu'un enfant nous atteste ce qu'il a vu. »

Alfred de Vigny.
(*Journal d'un poète.*)

I

Divorcé depuis quinze jours, et tout à l'ivresse de la fin de sa peine, Régis de Fagan, ce matin-là, par les fenêtres larges ouvertes de son nouvel appartement de garçon, guettait l'apparition de ses fillettes que le tribunal lui accordait deux dimanches par mois. C'était leur premier dimanche ; et dans l'amas de lettres de femmes, tombées depuis vingt ans sur sa table de vaudevilliste à la mode, bien peu lui avaient secoué le cœur d'autant d'émotion que ce simple billet arrivé la veille :

« Mon cher Père,

« Nous serons à Passy, demain matin, par le train de dix heures. Mademoiselle nous laissera devant le 37, boulevard Beauséjour, et nous y prendra, le soir, à neuf heures très précises.

« Ta fille respectueuse et bien affectionnée,

« Rose de Fagan. »

Au-dessous, la grosse écriture encore un peu bègue de la plus jeune sœur avait signé « Ninette ».

Et maintenant, dans l'angoisse de l'attente, il se demandait si bien réellement elles viendraient, si, au dernier moment, la mère rusée et fourbe, ou cette impénétrable Mademoiselle, n'inventeraient pas quelque prétexte pour les retenir. Non qu'il doutât de la tendresse de ses enfants. Mais il les sentait si jeunes, — Rose seize ans à peine, Nina pas encore douze, — si faibles toutes deux pour résister à une hostile influence ; d'autant que, sorties du couvent depuis le divorce, elles restaient livrées à la mère et à la gouvernante. Son avocat le lui avait bien dit : « La partie n'est pas égale, mon pauvre Régis ; vous n'aurez que deux jours par mois, vous, pour vous faire aimer. » N'importe, avec ces deux jours bien employés, le père se sentait assez fort pour garder le cœur de ses chéries ; mais il les lui fallait, ces deux jours, strictement, sans tricheries, sans mauvais prétextes. Et plus anxieux à mesure qu'avançait l'heure, plus ému par ce rendez-vous que par n'importe quel autre, passionnel ou intéressé, de son existence, Fagan s'agitait rageusement, penchant aux fenêtres son grand corps dans les deux directions du boulevard de banlieue verdoyant et paisible que bordaient, d'un côté, la voie du chemin de fer masquée d'un treillage et d'une haie, de l'autre, l'alignement d'élégants hôtels aux perrons, aux vases fleuris, aux pelouses soignées.

« Bonjour, père... c'est nous !

— Vous ! mais par où ?... mais comment donc ? »

Dans sa fièvre à surveiller l'heure, les trains, les passants du boulevard, il ne les avait pas vues arriver ; et voici qu'elles surgissaient de la petite antichambre, qu'elles étaient là, devant lui, grandies, lui semblait-il, plus femmes, depuis deux ou trois mois qu'on ne s'était vu. Ses mains tremblaient en les aidant à défaire leurs sveltes jaquettes, leurs chapeaux ronds entourés de plumes. Les petites aussi s'intimidaient un peu

devant la situation nouvelle. Certainement leur père était toujours leur père, le gai, l'aimable papa qui les faisait si bien jouer, danser sur ses genoux toutes gamines ; mais ce n'était plus le mari de leur mère, et de là un changement qu'elles sentaient, qu'elles n'auraient pu exprimer, qui passait dans l'étonnement naïf de leurs yeux.

Cette gêne se dissipa peu à peu, pendant la visite de l'appartement encore inconnu des fillettes, et dont les pièces, toutes luisantes d'une claire lumière de mai, ouvraient les unes sur le boulevard, les autres sur le jardinet de l'hôtel, agrandi par les frondaisons voisines. Presque partout du mobilier neuf. Pourtant, dans le cabinet de travail, les enfants retrouvaient la bibliothèque et l'énorme table à écrire dont la prévoyance paternelle avait fait arrondir les angles, dangereux aux petites têtes pour les parties de cache-cache. Que de souvenirs aux moindres encoignures de ces meubles massifs, aux cuivres contournés de leurs tiroirs !

« Te rappelles-tu, Ninette, cette fois où maman ?... »

Mais Ninette, la petite, autrement délurée et vive que l'aînée, coupe l'anecdote d'un regard. C'est qu'avant d'envoyer ses filles chez leur père, l'ancienne Mme de Fagan, à cette heure Mme Ravaut de son nom de famille, leur a bien recommandé de ne pas parler d'elle, de ne donner aucun renseignement sur son existence actuelle ou ses projets d'avenir, dans e cas d'une enquête indélicate ; et sachant la grande Rose distraite, envolée, elle a surtout fait ses recommandations à Ninette, dont la frimousse est bien amusante avec ce qu'on sent de fermé, d'hermétique aux coins de sa bouche, d'aigu, de curieusement fureteur et ramasseur dans ses yeux de souris. Se peut-il cependant qu'en un temps si court, Mme Ravaut ait oublié le caractère fier et digne de celui qui fut près de vingt ans son mari, jusqu'à penser qu'il ferait espionner la mère par ses enfants ! Certes, le désintéressement est difficile d'une existence longtemps jumelle de la vôtre, dont on ressentit journellement les tristesses, les joies, tous les contre-coups sensibles et répercuteurs ; seulement Régis de Fagan met tout son vouloir à oublier, il évite de prononcer jusqu'au nom de son ancienne femme, et, les petites s'appliquant à la même discrète réserve, cela coupe de froids, de silences, de trous, comme on dit au théâtre, la promenade animée à travers l'appartement.

Dans la chambre à coucher par exemple, Rose et Ninette n'ont pu retenir un cri de stupeur devant le tout petit lit de fer, vraie couchette d'étudiant, sans rideaux ni tentures, et les deux fillettes se regardent avec la même pensée, le même ressouvenir de matins de Noël et de Jour de l'An, où elles venaient, empêtrées de leurs longues robes de nuit, tout ébouriffées de sommeil, se fourrer dans le grand lit de papa et de ma-

man pour l'échange des baisers et des cadeaux. Ils se disent bien d'autres choses encore, les yeux de Rose et de Ninette, en retrouvant au chevet de la couchette paternelle des portraits disparus de la chambre commune au ménage, rue Laffitte, et que le père a emportés en s'en allant. D'abord, le grand pastel de Besnard, où elles se tiennent toutes deux par la main, six ans et dix ans, englouties dans les capotes de mousseline et les hautes manches anglaises de leurs costumes à la Greenaway ; puis la bonne-maman de Fagan, sous verre dans un cadre ovale, cette bonne-maman qu'elles n'ont pas connue et dont leur mère leur a toujours parlé comme d'une femme très, oh ! mais très sévère.

Que de réflexions traversent ces jeunes têtes, quel désarroi de toutes leurs idées, en même temps que des êtres et des choses, jadis unis, dispersés maintenant, comme au lendemain d'un incendie ou d'un naufrage ! Et que tout cela est compliqué, effarant pour elles, dans ce manque de jugement qui caractérise et signifie l'extrême jeunesse ! Heureusement qu'on passait dans la salle à manger, où les fenêtres ouvertes recevaient tout le soleil, toutes les senteurs du jardin. Le couvert était mis, coquet, friand, un bouquet à la place de chacune de ces demoiselles, ceci par une attention de Mme Hulin.

« Mme Hulin ?... » demanda Ninette dont le petit œil rond flambait tout de suite curieusement.

« Ma propriétaire... elle habite le rez-de-chaussée et loue le premier étage pour se sentir moins seule dans sa maison, car elle est veuve et vit avec son petit garçon et une vieille gouvernante.

— Un flirt pour papa... » dit Rose étourdiment, en train d'arranger ses frisures devant une mirette à main.

De Fagan la regarda avec tristesse. Un de ces mots niais comme en avait la mère. Pourtant, de ses deux filles, Rose était celle qui physiquement ressemblait le moins à la dame Ravaut ; avec sa taille longue, un peu courbée, son teint de bistre créole, la sérieuse et sentimentale expression de ses traits, elle perpétuait le type de son père. Alors lui, d'un ton de doux reproche :

« Je n'ai guère le cœur à flirter, ma chère enfant, et je crois bien que la pauvre Mme Hulin ne s'en soucie pas plus que moi ; mais c'est une maman très tendre, et, sachant que mes filles viendraient ce matin, elle a cueilli ces fleurs à leur intention. »

Le domestique apportant le premier plat, des œufs brouillés aux morilles, la passion de Ninette, fut accueilli d'un cri de joie :

« Tiens, voilà Anthyme... Bonjour, Anthyme. »

Il servait chez les Fagan depuis quelques années, et tout rouge, interloqué lui aussi par l'imprévu de la situation, balbutia :

« Bien le bonjour, mesdemoiselles... »

C'était un Beauceron absolument inculte, des cheveux plats sur un doigt de front ; il semblait qu'on lui eût fait l'ablation de tout le haut de la tête et de ce qu'il y avait dedans. Son incomparable bêtise exaspérait madame ; et Régis, au moment du divorce, l'avait conservé, peut-être aussi parce qu'Anthyme ayant gardé des relations avec la cuisine de la rue Laffitte, on aurait des nouvelles chaque jour. Cette figure de connaissance, retrouvée dans toute sa rusticité, faisait aux deux enfants le déjeuner plus familier, plus cordial. Et quelle merveille, ce déjeuner dont chaque plat avait été cherché, discuté entre Fagan et son domestique, pour savoir si Mlle Rose aimait le sucre dans les petits pois, si Nina préférait les pots de crème au chocolat ou à la vanille.

Grisées par la gourmandise de ce joli repas, par leurs toilettes nouvelles de printemps, les fillettes s'excitaient, oubliaient dans un délicieux bavardage les recommandations maternelles ; surtout la grande Rose, à qui Ninette faisait des signes discrets et répétés. Fagan apprit ainsi et sans le vouloir que, vendredi dernier, « cousin » les avait conduites à l'Opéra-Comique. C'était pourtant, ce « cousin », un des noms interdits ; mais Rose ne pouvait pas se tenir. Alors, pour éviter de ces indiscrétions involontaires qui leur vaudraient des reproches, le soir en rentrant, le père affectait de leur parler de choses indifférentes, de leur couvent qu'on voyait presque d'ici, de ces beaux dins de l'Assomption où tant d'années elles avaient vécu si heureuses.

Est-ce qu'elles ne le regrettaient pas un peu ? N'y retourneraient-elles pas volontiers ?

« Oh ! ça, non »... répondaient les deux voix en une seule.

« Et pourquoi, mes chéries ?... autrefois, cependant, vous étiez si contentes d'y rentrer... »

Elles hésitaient à répondre, à lui dire ce qu'il devinait si bien. C'est que, depuis le divorce de leurs parents, la maison avait changé pour elles. Vivant dans de perpétuelles disputes, où l'on ne gardait plus de mesure, où parfois même elles étaient obligées à prendre parti : « Vous entendez, mes enfants, comme votre père me parle ! — Madame, vous vous oubliez devant vos filles ! » on avait dû les mettre au couvent pour leur épargner ces tristesses. Mais, le père parti, le divorce prononcé, la mère s'était hâtée de les rappeler auprès d'elle, prise tout à coup d'une affectuosité peu compatible avec sa nature dure et capricieuse. Elle semblait vouloir conquérir ses filles ; Mademoiselle adoucissait aussi les âpretés, les sévérités de son rôle de duègne et d'éducatrice.

Cette transformation se faisait visible et caressante aux yeux, même dans la toilette des enfants. Jusqu'alors, la mère ne s'était occupée que de la sienne, y sacrifiant le temps et l'argent nécessaires ; mais rien qu'à voir entrer chez lui ces deux ravissantes vignettes de mode, au lieu des petites converses aux cheveux plats, aux robes de strict uniforme, que l'Assomption lui renvoyait le samedi soir, Fagan avait compris que cette mère, si peu mère auparavant, allait le devenir férocement, et flatter et gâter ses filles, non dans un aveuglement de tendresse, mais par une basse jalousie, un besoin de taquiner, de torturer son ancien mari. Il entrevoyait toute une suite de chagrins, une guerre de coups d'épingles, mais à quoi bon se tourmenter pour le moment ? N'avait-il pas ses filles près de lui, tout contre lui, et jusqu'au soir ? Après déjeuner, il devait les conduire à la matinée du Théâtre-Français, où l'on jouait une de ses pièces qu'elles n'avaient pas encore vue. Et pensez cette joie, cette fierté d'entendre, dans une belle avant-scène, les premiers acteurs de Paris jouer devant la salle comble une pièce dont votre père est l'auteur !

Ce n'est pas Mme Ravaut, même avec la collaboration de Mademoiselle, qui aurait pu leur donner une distraction pareille. Après le théâtre, promenade en voiture au Bois et dîner dans un restaurant à la mode. Encore un plaisir que la mère n'aurait pu leur procurer, à moins d'être accompagnées par « cousin ». Oh ! l'ivresse de commander soi-même au garçon des plats extraordinaires et d'entendre aux tables voisines chuchoter curieusement, avec cet attrait de Paris pour l'homme en vedette : « Régis de Fagan et ses deux filles ». Puis, la nuit tombée, par les allées

du bois odorantes et désertes, dans
la fraîcheur des lacs blêmis, s'en revenir serrées contre leur père, rega-
gner Passy et le boulevard Beauséjour où les attendrait la voiture de
Mademoiselle, voilà ce qu'on pourrait appeler une belle journée !

Le programme étalé de tous ces
bonheurs, joint à l'animation du repas, rosait d'une chaude flamme les
pommettes de ces petites Parisiennes
pâlottes. De la fenêtre entr'ouverte
montaient des parfums de muguets
et de roses. Un merle s'égosillait à la
cime d'un grand vieux orme ; et Ninette s'approchant de la croisée pour
essayer de le découvrir dans les branches voisines, une limpide voix d'enfant gazouillait d'en bas, de la pelouse :

« Descendez jouer avec moi, dites,
voulez-vous ? »

C'était le petit Maurice Hulin, un
adorable garçonnet de neuf à dix
ans, au teint de camélia, aux longues
boucles tombantes d'un rouge de
henné, et qui, le genou blessé, sau-
tillait en s'aidant d'une courte béquille. Mme Hulin, en train de lire près
de son enfant, leva la tête et dit :
« pardon » et « merci » avec le sourire d'une bouche très bonne, encore
jeune.

« N'oublie pas que nous allons aux
Français, Ninette... » cria la grande
sœur, comme irritée de voir Nina si
facile à une nouvelle relation. La petite ne l'entendit pas, déjà partie.

« Si nous descendions aussi ? » demanda le père... « Tu verras, c'est

une très charmante femme... »

Mais Rose s'y refusa absolument.
Elle ne connaissait pas ces gens-là.
Et dans l'intonation de la jeune fille
accoudée près de son père à la fenêtre, perçait une antipathie naissante
pour Mme Hulin, ainsi que dans le très
expert regard dont elle examinait la
tenue, la toilette de la femme assise.

Tenue très simple, toilette d'un
demi-deuil à peine éclairci par la ca-
peline de jardin aux blanches dentelles, au nœud mauve, du mauve des
iris fleuris sur la pelouse.

II

Une intimité venue de leurs situations pareilles, une sympathie échap-
pant encore à l'analyse s'était nouée
entre l'écrivain et sa voisine. Ce soir-
là, ils l'avaient passé seuls tous deux
dans le petit salon du rez-de-chaussée, l'enfant couché, Paris grondant
au loin, et le silence du boulevard so-
litaire troublé de quelques aboiements
de chiens de garde, du brusque passage d'un train dont la secousse
ébranlait la maison jusque dans ses
caves. Tout à coup la pendule, un
antique accessoire de famille, en har-
monie avec la console et les sièges
Empire, sonna dix heures, et Mme Hulin se mit à rire doucement, en cou-
pant de ses dents blanches le fil de sa
broderie.

« Pourquoi riez-vous ? » demanda
Régis, avec cette perpétuelle inquiétude de l'homme en face de l'énigme

ninine subitement trahie par la
illerie involontaire, ce qui reste de
nfant mutine chez la mieux équi-
rée.

Elle fixa sur lui ses larges yeux
eus au blanc candide et nacré, d'une
ureté saisissante dans les beaux
aits décidés et pleins d'une femme
e bientôt trente ans.

« Je ris, dit-elle, parce qu'il est
x heures, que ce soir encore vous
e sortirez pas, et que, pour Régis
e Fagan, voilà une singulière exis-
ence ! »

Fagan sourit à son tour :

« Qu'imaginez-vous donc de la vie
es artistes ?... vous les croyez tous
mondains à outrance, orgiaques et
octambules ? »

Pauline Hulin hésita un peu, puis :

« Je pense à vos coulisses si rem-
lies de pièges, de tentations... mariée à l'un de vous, j'aurais eu très
eur.

— Peur ?... et de quoi ? des femmes de théâtre ? Ah ! bien... »

Et l'écrivain dramatique, l'homme
d'expérience qu'était de Fagan, se mit
à analyser le côté factice et fabriqué
de ces bizarres personnes, aux phrases toutes faites, aux sentiments convenus, prises par le ronron des pièces qu'elles ont jouées, en gardant
l'intonation dans la vie comme des
poupées leur mécanisme parlant...
Les femmes de théâtre ! mais si par
hasard il leur vient un élan de passion vraie, un « je t'aime » qui ne
soit pas du Conservatoire, elles son-
gent aussitôt : « Comme je l'ai bien

dit ! » et le réservent au public dans
la prochaine comédie de mœurs... Et
si bonnes camarades, le cœur sur la
main, ne refusant rien aux petits
amis. Il faut avoir vu les coulisses
d'un théâtre, quand les artistes sont
entre eux, sans auteur, ni directeur,
les voisinages des loges, ce qui se
crie de l'une à l'autre... une voiture
de saltimbanques, l'intérieur d'une
vraie roulotte. A moins d'être tout
jeunet, quel honnête homme trouve-
rait sa pâture là dedans ?

Mme Hulin très attentive, quoiqu'en
apparence toute à l'ouvrage étalé sur
ses genoux, reprit de son même ton
posé :

« Je vous fais grâce de l'actrice,
quoique vous exagériez visiblement
un peu ; mais pour l'homme célèbre,
l'auteur à succès, que d'autres tentations ! Admiratrices de salons, bonnes fortunes de la poste restante, tout
ce qui vient à vous d'inconnues, vous
aimant de loin, vous l'écrivant.

— Oh ! pas bien séduisante, pas
bien dangereuse non plus cette sorte-
là, » dit Régis... « D'abord, ce sont
toujours les mêmes qui écrivent... une
demi-douzaine d'hystériques, d'étran-
gères collectionnant l'autographe...
J'en ai fait vingt fois la preuve avec
des amis et confrères de lettres...
leurs inconnues étaient les miennes. »

Pauline releva la tête : « Pourtant,
il peut arriver qu'une femme qui sort
tout émue d'un beau spectacle, d'une
belle lecture, soit tentée de remercier
l'auteur.

— Elle écrira, peut-être ; mais si

elle est délicate, elle n'enverra pas la lettre... Je vous défie de me dire le contraire, » ajouta-t-il en la regardant bien à fond.

« Oh ! moi, je ne suis pas expansive... »

Une plainte de l'enfant l'interrompit, l'attira dans la chambre voisine, et revenue au bout d'un instant près de sa table à ouvrage : « Il est agité ce soir, » dit-elle, la voix baissée.

Sur ce diapason qui faisait leur causerie plus intime, Régis reprit : « Ainsi vous vous figuriez un Fagan coureur et viveur... détrompez-vous. La vie que je mène en ce moment, je la rêvais dans le mariage ; et c'est de ma paresse à sortir, de mes habitudes casanières, que ma femme m'en a surtout voulu. Ce fut son premier grief, le motif initial de la rupture... A qui la faute ? Je me marie à vingt-huit ans, joué sur toutes les scènes, gavé de tous les plaisirs que le théâtre peut donner, et je tombe sur une femme raffolant des premières, des bénéfices, des billets d'auteur... On m'a parlé d'un grand-père Ravaut qui avait fait fortune en fabriquant et louant des costumes de théâtre ; et peut-être, cet atavisme de clinquant, de paillons, de perruques, de gilets à fleurs, a-t-il agi sur ce pauvre petit cerveau. Vous voyez le malentendu : l'homme qui se marie pour échapper à la vie factice, se faire un foyer qui ne soit pas celui des Français ou de l'Opéra-Comique ; l'épouse au contraire qui n'a cherché qu'un nom bien en vedette, l'occasion d'être de tou-

tes les répétitions générales et a la première page dés journaux.

— Cruel malentendu, en effet, » dit Mᵐᵉ Hulin, mais sans conviction. Quelque chose doutait dans la loyauté de sa voix et de sa physionomie si franche.

Fagan, qui le comprenait bien, insista pour la convaincre :

« C'est moi qui cédai, comme le plus épris ; car je l'étais éperdument, et non pas de bruit imprimé, ni de sotte gloriole, comme elle ! Tous les soirs, pendant des années, on, m'a traîné dans les spectacles les plus variés ; nous faisions partie de ce hideux Tout-Paris qui se montre partout, bien plus cabotin que les cabotins eux-mêmes, et pour qui jamais il n'y a de relâche. Aux premières de n'importe quels théâtres, nous occupions invariablement les mêmes places ; je voyais se dégarnir à l'orchestre les crânes de la critique, se creuser les rides de mes voisins ou de mes vis-à-vis toujours invariables eux aussi, et j'entendais ma femme dire : « Tiens, Mᵐᵉ X... a changé les brides de son chapeau rose pour faire croire qu'il est neuf... » ou : « Regarde donc le ménage Z..., comme il a vieilli ! » Puis sans se lasser, aux entr'actes, promenant sa lorgnette, elle énumérait les noms connus, constatait tous ces menus faits, ces petits scandales que Paris répète tout un hiver, qui pimentent ses plaisirs, en sont la note aiguë et délicieuse. J'ai mené cette existence de Jaquemart de province assez pour m'en fatiguer et 'en écœurer à la fin, si bien que le vrai fond de notre divorce est cela. »

Mme Hulin, avec un petit mouvement de tête incrédule : « On a cependant parlé d'une certaine histoire...

— Ah ! oui... mon flagrant délit à l'hôtel d'Espagne, raconté par tous les journaux... C'est de là, avouez-le, que vous viennent vos mauvaises idées sur moi ? Mais si je vous disais que ce flagrant délit fut combiné avec ma femme ? »

Il continua, devant la stupéfaction de Pauline :

« Trois personnes, jusqu'à ce jour, sont restées confidentes de cette comédie, l'ancienne Mme de Fagan, moi et le conseiller de Malville... Vous le connaissez ? » fit-il à un geste de Mme Hulin, suivi d'une affirmation sans parole ; et, d'une haleine, il raconta son aventure conjugale :

« Excédés l'un de l'autre, on ne pouvait pas l'être plus que nous deux ; mais cela ne suffisait pas. « Il nous faudrait un acte décisif, » disait à ma femme son ami de Malville, musicastre enragé, en lisant avec elle au piano la dernière partition de Wagner ; « fournissez-moi un scandale, un flagrant délit, et je me charge de votre affaire. » Peut-être, sans chercher bien loin, aurais-je trouvé dans les relations de Mme de Fagan et du cousin La Posterollé les preuves que demandait le conseiller ; mais deux raisons m'en empêchaient. D'abord ma facilité à laisser s'installer chez nous l'intimité du cousin,

jeune maître des requêtes au Conseil d'Etat, que moi-même j'autorisais à conduire ma femme et mes filles au théâtre et dans la société, par un dégoût à sortir, ma paresse de plaisirs mondains. Puis, l'autre motif, le vrai : nos deux filles, leur mariage, leur avenir, toute ma raison de vivre désormais. Quand c'est l'homme qui est pris en faute, le monde pardonne ; quand c'est la femme, il y a un rejaillissement de honte sur la famille. Les enfants en restent touchés, marqués à jamais. Voilà pourquoi je voulus bien paraître coupable et me faire surprendre dans les conditions que vous savez.

— Et M. de Malville s'est prêté à cette comédie ? » s'écria Mme Hulin indignée.

« Je vois, Madame, que vous ne connaissez pas bien ce symphoniste égaré dans la magistrature. Tout ce qui n'est pas Beethoven ou Wagner lui reste absolument indifférent. Fort obligeant, du reste, car l'affaire lui a donné du mal autant qu'à nous. Tantôt, le commissaire prévenu n'arrivait pas à temps, ou bien ma complice — il me fallait une complice — manquait le rendez-vous.

« Alors, tout était à recommencer ; et l'on ne peut rien imaginer de plus bouffon que ce ménage légitime, se donnant rendez-vous à un bout de Paris, pour combiner de nouveau le jour et l'heure où le précieux flagrant délit serait enfin et dûment constaté. Nous avions choisi l'avenue de l'Observatoire, tout en haut, où l'ombre des marronniers tombe plus fraîche et plus épaisse. Nul danger d'être rencontré si loin, et c'était indispensable : pensez à ce ridicule de gens en instance de divorce, marchant côte à côte, se concertant, combinant leur libération. Moi qui cherche des situations neuves, je crois qu'elle l'était, celle-là ! « Lundi, sans faute, hôtel d'Espagne, et que votre princesse ne manque pas, » jetait ma femme en me quittant avec une grande poignée de main. Et moi, non moins cordial et résolu : « Lundi, ma chère, c'est promis ! » Ce fut en effet le lundi suivant, hôtel d'Espagne, que le commissaire me surprit au matin...

— Avec Amy Férat, du Vaudeville, » dit Mme Hulin en se forçant à sourire, « passez les détails, je suis renseignée.

— Pas complètement ; les journaux n'ont pas tout raconté. La pauvre Amy Férat, bien entendu, ne se doutait pas du réveil qui l'attendait ; et si peu rosière qu'elle fût, je m'en voulais un rien de la mêler à cette ennuyeuse affaire dont tout Paris s'occuperait. Voici qu'au brusque et matinal coup de poing frappé dans notre porte avec le « ouvrez, au nom de la loi, » elle se dresse épouvantée : « Mon mari !... nous sommes perdus ! — Comment ça, votre mari ? — Oui, je suis mariée, pardon de ne vous l'avoir pas dit... Sauvez-vous, cachez-vous. » Ma foi, j'ai passé là quelques mauvaises minutes, à ignorer s'il s'agissait de mon adul-

tère ou du sien. Heureusement, m[on] incertitude ne dura pas. En con[sé]quence de cette aventure, je fus co[n]damné à servir à Mme de Fagan u[ne] mensualité de quinze cents francs [et] à lui laisser mes filles, sous cond[i]tion qu'elles passeraient tous l[es] quinze jours un dimanche avec mo[i.] C'est peu ; mais je suis convaincu q[ue] la mère avant longtemps adouci[ra] cette dernière clause, et m'enver[ra] mes filles plus souvent, à mesu[re] qu'elles grandiront, et chaque fo[is] qu'elle voudra s'en débarrasser.

— Ne me parlez plus du divorce, c'est une farce indigne ! » et Mme Hulin déposa son ouvrage que tenaien[t] mal ses mains, devenues maladroite[s] et tremblantes.

« Je lui dois pourtant mon bon[heur,] heur, au divorce, il m'a délivré d[e] la plus abominable créature...

— Oh ! monsieur de Fagan... par[ler] ler ainsi d'une personne qui ne fu[t] coupable que de ne pas vous com[prendre] prendre tout à fait. Des malentendus, de l'incompatibilité d'humeur.

— Plus que cela, madame, beaucoup plus... Je vous ai dit souvent combien me plaisait en vous cette droiture, cette sincérité de la parole et des yeux. Eh bien, ce qui m'exaspérait dans cette femme, c'était le mensonge, le mensonge par goût, par instinct, chic et vanité, faisant partie de sa tenue, de ses intonations, si bien amalgamé dans tous ses actes en dangereux alliage que je n'y démêlais plus le vrai du faux. « Pourquoi ris-tu si fort ? » lui demandai-je un

dans le cabinet de restaurant où
soupions après l'Opéra. —
Pour faire croire à côté que nous
amusons beaucoup. » Toute
nature est là. Je ne me souviens
de l'avoir jamais entendue par-
pour la personne en face d'elle,
pour une autre, là-bas, qui ve-
d'entrer, pour le domestique qui
servait ou le passant dont elle
lait l'attention. Tout à coup, de-
dix personnes, la voix et les
noyés, elle me disait : « O mon
gis, les îles Borromées !... Nos
emières semaines de mariage !... »
us ne connaissions pas ces îles,
us n'y étions jamais allés ; figurez-
us mon étonnement ! »

Mme Hulin essayait d'atténuer en-
re... « Une faiblesse assez inoffen-
ve, en somme.

— Oui, » reprit Fagan, « mais qui
vient si lassante, si déconcertante !
emander à sa compagne de vie :
D'où viens-tu ?... Qu'as-tu fait ?... »
savoir que rien n'est vrai de ses ré-
onses, que les mille hasards de Paris
us apprendront qu'elle a menti, et
ns raison, et avec un entêtement,
acharnement contre lesquels ne
évaudraient ni prières, ni preuves.
h ! sa petite voix pointue : « Mais
t'assure... mais absolument...
st toi qui te trompes ou qui me
mpes. » Le triste, c'est qu'avec
ge, avec l'affirmation que prend la
mme, le mensonge s'envenimait,
venait dangereux, à moi et aux
tres. Sur ses ennemis de société,
taient des inventions de toutes piè-

ces, les plus délirantes, les plus abominables, auxquelles elle finissait par
croire elle-même. Et cela, de cet air
posé, raisonnable, où rien ne trahit la
névropathe qu'elle est, sinon un petit
geste uniforme, automatique, un ruban, un pli de sa robe qu'elle taquine,
qu'elle pince et fronce entre deux
doigts pendant des heures... Le
monde se prêtant sans contrôle aux
infamies qu'on lui apporte, le mal
que peut y faire impunément une
créature infernale comme celle-là est
incalculable. Que de fois, à des dî-
ners mondains, me suis-je penché
pour guetter, surveiller ma femme,
par-dessus les corbeilles de fleurs et
les guirlandes d'orchidées !... « Que
dit-elle ? Qu'invente-t-elle encore ?
Quel poison verse à son voisin ce
petit monstre si bien coiffé, si bien
paré ? » Je ne tardai pas à devenir
moi-même sa victime. Bientôt circula
dans les salons l'histoire d'une Suédoise, perverse créature de seize à
dix-sept ans, qui m'avait affolé jusqu'au crime, inspiré le dégoût, la
haine de mes enfants, de ma femme.
« Si je meurs un de ces jours, » disait à ses amies l'exquise personne
qui portait mon nom, « si je meurs,
vous saurez qui m'a tuée. »

Pauline Hulin eut un cri de révolte :
« Oh ! c'est affreux.

— Oui, affreux... Vous voyez l'accueil de mes amis, les conseils indi-
rects, les regards navrés ou indignés
posés sur nous, sur moi... Me défendre ? Je ne l'essayais même pas. A qui
persuader que je ne connaissais au-

cune Suédoise, perverse ou non, et
que tout ce drame conjugal était l'œuvre d'une imagination d'hystérique ?
Je me résignai donc, continuant à
montrer aux soirs de première et dans
le monde mon masque sanguinaire de
Barbe-Bleue, tandis qu'à côté de moi
la douce victime soupirait, roulait des
yeux mourants. Ses amies la savaient
si malheureuse que, malgré les répu-
gnances de la bonne société parisienne pour le divorce, elles le lui con-
seillaient toutes. « Non, non... Je
resterai jusqu'au bout, jusqu'à la
mort, pour mes filles !... » En réalité,
elle manquait comme moi de griefs
suprêmes, et sans les conseils de
Malville... »

Un cri de l'enfant, plus fort que le
premier, rompit encore leur conversation d'une brusque sortie de la
mère, bientôt rentrée, mais très pâle,
un peu d'effroi resté dans ses beaux
yeux. « Qu'est-ce qu'il a ? » demanda
Fagan

« Rien, presque rien... un cauche-
mar habituel dont il s'éveille en sur-
saut avec ce cri douloureux, ce cri
d'angoisse. »

Son pauvre petit Maurice, si nerveux, si faible ! Elle se mit à parler
de lui, de sa santé, de cette blessure
au genou...

« Est-ce de naissance ? » questionna Fagan, très pris par cette inquiétude maternelle, la plus profonde,
la plus étreignante de toutes.

« Non, un accident... quand il était
tout petit. » Et elle ne parla plus,
absorbée dans le souvenir cruel.

III

« Non, mes chéries... non,
petites filles, ce que vous deman
est impossible. N'insistez pas, v
me feriez trop de peine. »

Insister ! Elles s'en gardaient b
Devant le refus du père, Ninette a
pris un livre, Rose un journal de
des, et leurs candides physionom
de fillettes, subitement fermées, co
me durcies, s'absorbaient dans
attention silencieuse, par mome
traversée d'un regard de malice
se levait et guettait de coin dans
battement des cils. Ce n'était p
deux enfants que Fagan avait en f
de lui, mais deux femmes, avec
angélique entêtement de la femm
qui amène l'homme à l'exaspérati
Et il s'agitait, le pauvre père, il s'
forçait de faire entrer dans ces
crées petites têtes les sérieux mo
de son refus, un refus de subventi
supplémentaire.

Voyons, depuis sept mois que le
mère et lui s'étaient quittés, avai
une fois manqué de donner de
mille francs au lieu des quinze ce
alloués par le tribunal ? Et cela
suffisait pas ; on osait lui demand
davantage, alors qu'il ne posséd
pour toute fortune que le revenu
son théâtre. Il ne se plaignait p
cette année ; son répertoire gard
la vogue, mais ce revenu pouvait
minuer avec les caprices du publ
Puis il fallait penser à la dot de Ro

« Et enfin, mes mignonnes,

rouve que, pour un dimanche où vous venez voir votre père, un de mes pauvres dimanches, vous vous êtes chargées d'une bien vilaine commission. Est-ce qu'on n'aurait pas pu m'envoyer Mademoiselle, ou mieux une lettre à laquelle j'aurais su répondre ? »

Il fallait cette attaque directe, leur mère jetée dans le débat, pour rompre le mutisme résigné des jeunes filles.

« Mais, père, » dit Ninette sans lever les yeux de son livre, « on ne nous a pas donné de commission... et ce petit surcroît que nous t'avions demandé était pour nous seules...

— Pour nos toilettes... » ajouta sans assurance Mlle Rose, du fond des grandes images de mode qui l'entouraient en paravent.

Fagan se récria... Leurs toilettes !... mais le surplus de chaque mois était précisément destiné à leurs toilettes, pas à celles de Mme Ravaut, bien sûr ; et des jeunes filles de leur âge, de leur monde, devaient se contenter de cela. Il se laissait aller à des détails de dépenses, robes, linge, chaussures, refaisant sans s'en douter une de ses ennuyeuses scènes de ménage d'autrefois, seulement c'est à deux femmes au lieu d'une qu'il avait à tenir tête à présent ; les répliques se suivaient, fines et portant juste chez la cadette, plus troublantes encore dans la douceur et l'inconscience de l'aînée. N'invoquait-elle pas tout à coup un mariage de leur monde qui les obligerait, sans doute...

« Quel mariage ?... » dit Fagan vivement redressé.

Si prompt qu'eût été le coup d'œil de Ninette à sa grande étourdie de sœur, il le saisissait au passage, pâlissait jusqu'aux lèvres, jusqu'au fond des yeux, et d'une voix stridente et dure : « Compris !... si, si, parfaitement... J'ai compris... Mme Ravaut se remarie... c'est son droit... et avec qui ? Peut-on savoir ?... cousin, n'est-ce pas ? »

Les joues embrasées des fillettes, leurs gestes évasifs, décontenancés, lui répondaient mieux que des paroles et redoublaient son emportement. Non certes qu'il fût jaloux de son ancienne femme ; mais de ses filles, oh ! il l'était, à souffrir autrefois de leur intimité avec ce La Posterolle, des gâteries, des cadeaux dont il savait les conquérir, attirer à lui leurs gentillesses de petites perruches coquettes et gourmandes. Que serait-ce maintenant qu'il habiterait la même maison, avec l'autorité et les privautés d'un beau-père, et bientôt, par la suite des choses, par l'assiduité, la présence réelle et continuelle, plus leur père que lui-même. Cette idée l'enrageait, surtout, de se dire qu'on lui emmènerait peut-être ses enfants loin de Paris.

« Ça, par exemple !... ça, par exemple !... » Il bégayait de fureur, agitait ses longs bras, ses poings crispés, pleins de menaces brutales.

Mais les colères de Fagan, créole de l'île Bourbon, passaient en cyclone, courtes et violentes. Le temps de bousculer quelques chaises, de jeter deux ou trois portes sur de fausses sorties, il s'apaisa, s'allongea dans son grand fauteuil américain, et, comme toutes les quinzaines, demanda à Rose d'ouvrir le piano acheté exprès pour elle.

Rose, malheureusement, avait la migraine, oh ! si fort la migraine...

« Voyons, Rosette... presque rien... quelques mesures de Chopin ou de Mendelssohn...

— Je regrette beaucoup, père... impossible... »

Et devant l'intonation morne, implacable, le père n'insistait plus ; on ne discute pas avec la migraine. Se tournant vers Ninette :

« Tu ne descends pas jouer avec Maurice ?

— Non, pas aujourd'hui... Je suis trop fatiguée. »

Cramponnée des deux mains à son livre, le front têtu, le menton volontaire sur son petit col garçonnier, on sentait que ni les tendres reproches du père, ni les regards implorants que levait vers la fenêtre le petit infirme traînant sa béquille dans le jardin, navré et désœuvré, rien ne viendrait à bout de sa résolution.

Tout le jour, Fagan se heurta ainsi contre une mauvaise humeur qui n'était pas seulement celle de ses filles, mais l'œuvre de l'absente, invisible et d'autant plus forte. Vraiment, était-ce la peine de divorcer, s'il lui fallait subir les mêmes scènes de ménage, suivies de mutismes dont il connaissait bien l'énervante persistance ?

Dans ce long et lamentable après-midi, il écrivit à Mme Ravaut plusieurs lettres qu'il déchirait aussitôt, trop modérées ou trop mordantes à son gré. Enfin, comme les petites le quittaient sur un baiser très froid, allaient rejoindre Mademoiselle en bas devant la porte, il remit à Rose deux lignes adressées à sa mère et qui lui demandaient un rendez-vous pour le lendemain matin.

Sur cette même avenue de l'Observatoire, où ils combinaient quelques mois auparavant leur divorce, Fagan attendait son ex-épouse, non sans une certaine curiosité. Bien souvent, pensant à elle dans des soirées solitaires, il avait essayé de se la représenter ; mais, n'ayant plus aucun portrait, son souvenir parfois brouillait les lignes du visage, agrandissait les unes aux dépens des autres. L'image de la femme n'était plus en lui.

Quand il l'aperçut de loin, sur l'avenue, frôlant de sa jupe brune les feuilles mortes entassées, elle lui parut plus grande qu'il ne l'imaginait et tandis qu'avec intérêt elle remarquait elle-même qu'il avait engraissé, le teint plus posé, plus rose, avec la note adoucie de la fine moustache et des tempes qui s'argentaient, lui, restait saisi surtout du changement que des cheveux, passés d'un indécis blond cendré au roux le plus vénitien, apportaient à un visage féminin : le reflet plus chaud d'une belle toile italienne, la nuance des yeux accentuée, la peau éclaircie, — une beauté nouvelle, retouchée et flattée, mplétée peut-être par un invisible maquillage.

La mise, parfaite comme autrefois, e relevait encore de ce bouquet de coquetterie spécial à la femme qui aime et veut être aimée, et d'une certaine allure assurée, indépendante, que Mme Ravaut, seule responsable de ses actes depuis des mois, avait acquise en même temps qu'une autorité sans contrôle.

« Le divorce lui va bigrement bien... » pensa de Fagan, et tout de suite il attaqua, très résolu : « Pourquoi ne m'avoir pas prévenu de ce mariage ?... nous en étions convenus, cependant. »

Elle accentua son joli sourire fourbe d'autrefois, son regard en coin sous la paupière entrelevée, comme les « espions » des croisées de Berne... Mon Dieu ! rien n'était décidé... elle hésitait encore... Croyait-il cela raisonnable ?... « Vous me connaissez, mon petit Fagan, vous connaissez La Posterolle... que me conseillez-vous ? »

Elle parlait d'un ton de sincère amitié ; et même, marchant à côté de lui sur le trottoir de l'avenue, instinctivement elle allait lui prendre le bras. Mais d'un mouvement presque inconscient aussi, Fagan s'écarta et pour échapper à ces questions qu'il trouvait déplacées, inopportunes, il lui rappela les conditions de leur divorce : « Ne jamais quitter Paris, ne jamais emmener les enfants loin de Paris... » Les mots tremblaient de colère dans sa moustache fauve.

Elle le rassura bien vite... Ses filles, quitter Paris ! toujours pas avec leur mère, ni à l'occasion de ce mariage !... La Posterolle, maître des requêtes au Conseil d'Etat, à la veille de passer conseiller, avait tous ses intérêts à Paris... Elle-même était bien trop Parisienne... et ceci tranquillisa Fagan plus que tout. Il ne se l'imaginait pas, en effet, vivant en province, exilée des premières, de l'hippique, des expositions de tout genre, celles où l'on va pour voir, ou pour être vu. Et comme elle en revenait à son La Posterolle, aux avantages du mariage projeté, il l'écoutait sans déplaisir, lui donnait presque son avis.

Mais la pluie, qui menaçait depuis le matin, commença à tomber, pluie d'automne, menue, pénétrante. De gros nuages s'effrangeaient au-dessus du Luxembourg. Ils ouvrirent leurs parapluies ; puis au bout d'un moment, trop loin de lui pour causer, elle ferma le sien, marcha tout à son côté en l'entretenant de leurs filles. Sa situation nouvelle, si elle s'y décidait, leur procurerait des relations dans le monde officiel, des partis avantageux. L'aînée venait d'avoir seize ans... Que pouvait pour la marier une femme seule, divorcée, gênée dans ses sorties, dans ses réceptions ? Rose et Ninette à la longue souffriraient de cet isolement. « Mais, vous-même, Régis, ne vous trouvez-vous pas bien seul ? »

Elle disait ces choses tout bas, serrée contre lui pour s'abriter de l'averse qui redoublait. Une brume d'eau noyait l'avenue, ses arbres rouillés, et le beau groupe de Carpeaux avec sa mappemonde que soutiennent dans un mouvement tournant les quatre femmes de bronze aux jambes élancées et nerveuses. Parfois un couple, chassé par l'ondée, se levait de quelque banc, passait à côté d'eux, les frôlant d'un sourire furtif et complice ; car comment supposer ce qu'ils venaient faire là, ce qu'ils étaient l'un pour l'autre ?

Et peu à peu la douceur de ce matin d'automne, l'imprévu d'une causerie dont il rêvait déjà vaguement pour le théâtre, rendaient Fagan attentif à cette voix qu'il savait cependant astucieuse et menteuse. Après avoir dit : « conseillez-moi... » c'est elle qui le conseillait, et si sagement ! l'engageait à se remarier lui aussi, à ne pas finir sa vie dans l'abandon, convenant qu'il ferait un excellent mari avec une autre mieux docile à ses goûts, à ses idées. Amusé du tour que prenait la conversation, il ripostait, affectueux, presque gaîment, quand elle l'interrompit :

« Quel dommage que Mme Hulin...
— Madame Hulin ?
— Oui, votre propriétaire... »
De nouveau frémissait au coin des lèvres fines un petit accent de fourberie. Il tressaillit :
« Vous la connaissez donc ?
— Assez pour savoir qu'elle est le type absolu qui vous convenait...
— Alors, que signifie : quel dommage !

— Eh ! oui, quel dommage [que] Mme Hulin ne soit pas veuve ! » [Et] devant son air stupéfait, elle repri[t :] « Vous avez dit aux enfants qu'e[lle] était veuve, elle est seulement sép[a]rée de son mari.
— Qu'en savez-vous ?
— Ma police ! »
Elle riait si mauvaisement que, d'u[n] haussement d'épaules, il sembla r[e]jeter bien loin, comme détails de pe[u] d'importance, Mme Hulin et son ve[u]vage. Ils continuèrent à marche[r] sans une parole ; mais la pluie q[ui] augmentait, la sortie bruyante d'un[e] salle d'armes d'étudiants remplissa[nt] tout à coup l'avenue déserte de rire[s] et de bousculades et rompant défini[ti]vement le charme de l'original ren[dez-vous, ils se séparèrent à une pro[chaine station de fiacres.

Pourquoi revenait-il le cœur serr[é] de cette entrevue ? Il avait la certi[tude que ses filles ne s'éloigneraien[t] pas de Paris, que ce mariage ne chan[gerait rien à son existence si calme[,] si heureuse. Est-ce que des souvenirs[,] des regrets informulés remueraient e[n] lui, au rajeunissement de cette blond[e] devenue rousse, à son délicat par[fum de verveine longtemps aimé [?] Non, mille fois non. La première sur[prise passée, l'astucieux sourire avai[t] suffi pour lui rappeler des années d'é[nervement et de souffrance. Alors[,] quoi ? Quelle angoisse l'étouffait [?] Après mille détours et subterfuges[,] il fut bien obligé de convenir que s[a] tristesse venait de savoir son amie[,] mariée. Et tout au fond de lui, loin

mme au bout d'une allée, apparais-
it Pauline Hulin, sa taille un peu
ourte, ses beaux yeux large ouverts,
imantés, et cet air de franchise, de
onté rassurante enveloppant tout son
re, d'un si absolu contraste avec
elle qu'il venait de quitter. Evidem-
ent, sans qu'il s'en doutât, des pro-
ts indécis s'ébauchaient dans son
œur depuis des semaines, qu'avait
ispersés cette révélation en coup de
oudre : Mme Hulin est mariée !

Etait-ce vrai, d'abord ? N'y aurait-
l pas là un de ces commérages ro-
manesques dont Mme Ravaut était cou-
umière ? En y songeant bien, cepen-
ant, la singulière réserve de sa voi-
ine au sujet de ce mari, défunt
ou non, alors que, sur tant d'autres
oints, ils vivaient dans une complète
intimité d'âme, certains mots échap-
és au petit Maurice, l'avaient fait
ouvent réfléchir. Mais dans quel but
e mensonge qui ôtait à cette créature
oute de loyauté, d'honnêteté, une
grande partie de son charme ? Lui qui
e livrait avec tant d'abandon...

Toutes les femmes étaient donc
menteuses ; il n'en fallait croire aucune, n'attacher même pas à leurs
aroles la valeur d'un témoignage
d'enfant devant les tribunaux !...

Dans cet ouragan de pensées furieuses et contradictoires, il arrivait
hez lui, bien décidé à une immédiate
explication, quand on lui apprit que,
e genou du petit s'étant enflammé
epuis quelques jours, Mme Hulin
vait fait venir un grand chirurgien,
n consultation à cette heure même.

Après son déjeuner, Fagan descendit prendre des nouvelles ; il ne fut
pas reçu. Entre deux portes, Annette,
la femme de chambre qui avait élevé
Maurice, raconta, les yeux rouges,
qu'on venait de décider pour le lendemain une opération très grave, que
la maison était toute en préparatifs,
que Madame ne voulait voir personne. Il demandait alors s'il pourrait être utile le lendemain, pour tenir l'enfant ou pour le veiller. Madame fit répondre qu'elle remerciait
bien Monsieur, mais qu'elle n'avait
besoin de rien.

Comme elle était loin de lui en ce
moment, la charmante femme ! L'enfant en danger, comme il comptait
peu dans le cœur de la mère !

IV

S'il eût gardé quelque doute sur
son amour pour Pauline Hulin, l'état
d'incertitude et de fièvre où le tenait,
toute la matinée du lendemain, l'opération du petit Maurice, aurait achevé
de convaincre Régis de Fagan. La
grâce affectueuse et maladive de l'enfant, ses mots adorables comme en
trouvent les petits, à faire croire
qu'ils arrivent d'une magique planète
au langage naïf, mais à la précoce
expérience ; non, sans la mère et
l'angoisse de la mère qu'il se figurait
tout le temps, cela n'eût pas suffi à
donner au pauvre Régis les grands,
les profonds coups au cœur qui le
secouaient de plus en plus fort devant

l'imminence d'un danger possible. Par Anthyme, il savait la chose grave, très grave, une suture des fragments de la rotule ; et l'instant décisif arrivé, il parcourait avec précaution son appartement, dans l'impossibilité de tout travail, tendait une oreille anxieuse aux bruits du rez-de-chaussée, guettait une plainte, un cri, comme s'il s'agissait d'une de ses filles.

Parfois, son angoisse s'attardait à une fenêtre et au tambourinement machinal des vitres sous ses doigts crispés ; et tout à coup, voici que dans une bourrasque d'automne qui échevelait les nuages et tordait les vieux ormes du jardin avec des craquements, des sifflements de mâts, il aperçut par les allées un homme de trente-cinq à quarante ans, trapu, le teint de feu, la moustache en brosse, la taille sanglée dans une redingote militaire, et qui, paraissant inquiet et désœuvré comme lui-même, surveillait de regards douloureux la haute chambre du rez-de-chaussée où travaillaient les chirurgiens.

Fut-ce un de ces regards dont Régis surprit la détresse, ou l'aspect de cet homme, tête nue malgré la tempête, l'air chez lui ? Il songea soudainement : « c'est le père... c'est le mari... » et n'en douta plus quand Mᵐᵉ Hulin, en long peignoir, ses cheveux défaits, les quatre marches du perron franchies d'un élan, courut vers l'homme, rayonnante. Elle lui parlait très vite, sans doute l'opération finie, réussie, et tout en parlant

élevait les mains, retenait l'envo[l] ment de ses cheveux en boucles fine[s] Alors, d'un geste fougueux, l'homm[e] voulut saisir la taille pleine et soupl[e] dégagée par ce mouvement de fem me ; mais elle se déroba, fit deux o[u] trois fois avec colère « Non... non... en secouant la tête, et s'enfuit sans s[e] retourner.

Oh ! oui, le mari, bien sûrement et rien qu'à sa façon de prendre e[t] d'envelopper la femme, un mari en core jeune, passionné comme a[u] jour des noces. Fagan ne cessa plu[s] d'y penser. Pendant qu'Anthyme l[e] servait, il essayait d'avoir des renseignements ; mais l'autre, comme tou jours, était incapable de répondre... Des cheveux rouges ? la moustach[e] en brosse ?... non, il n'avait pas entendu parler de ce particulier-là. E[n] revanche, les moindres détails de l'opération, le nombre de trocarts e[t] d'éponges, la peur qu'on avait eu[e] un moment de manquer de chloroforme, et, quand chacun perdait l[a] tête, le sang-froid de la mère encourageant tout le monde autour d'elle, là-dessus Anthyme ne tarissait pas. Tout de même, si Monsieur voulait, on n'aurait qu'à demander à Annett[e] ou à la cuisinière....

« Je te le défends bien, malheureux ! » dit Fagan épouvanté des profondeurs d'abîmes où pourrait le jeter cet imbécile. Donc, gardant pour lui ses réflexions et ses tristesses, il s'en alla au Vaudeville où sa pièce se répétait, et sa joie fut grande, en prenant une voiture à la station de Passy.

voir celui qu'il appelait déjà « le mari » grimper d'un jarret de jeune homme l'impériale du tramway. Il ne passait donc pas l'après-midi chez Mme Hulin. Aussi les comédiens du Vaudeville se dirent-ils ce jour-là en répétant : « Notre auteur est de belle humeur aujourd'hui, » tandis que Régis, amusé par sa prose autant que si elle lui était toute neuve, songeait dans le *guignol* de l'avant-scène : « Mes comédiens jouent comme des anges ».

Mais, au retour, quel désenchantement lorsque Anthyme lui dit, tout béat et fier d'être renseigné : « A propos, cette personne dont Monsieur s'informait, qui se promenait tête nue dans le jardin...

— Oui, eh bien ?

— Ce doit être quelque proche parent à Mme Hulin, voilà qu'il vient de revenir et qu'il y dîne... même ça ne m'étonnerait pas qu'il reste coucher, parce que Annette...

— Eh que veux-tu que ça me fiche, que cet homme dîne, qu'il couche... »

Pauvre Fagan, cela lui « fichait » si peu qu'il ne put toucher à son dîner et que, de tout le soir, encore incapable de travail, même de lecture, il ne pensa qu'à une chose : « L'homme restera-t-il cette nuit ?.... » Et s'il restait, comment supposer que le mari de cette splendide créature — car Fagan ne doutait plus que ce fût le mari — pourrait veiller tranquillement tout près d'elle, et qu'elle-même, dans la joie de l'enfant opéré, sauvé,

ne pardonnerait pas au père toutes ses fautes ?

Il en pâlissait de colère, lui que le mariage de sa femme avec La Posterolle avait laissé si calme. C'est qu'il ne l'aimait plus, sa femme ; et qu'il adorait Mme Hulin. Plus de doute, maintenant.

Que devait-il faire ? Rester dans cette maison ? Garder leurs relations d'intimité ?... Il serait trop malheureux ; les battements précipités de son cœur lui en étaient la preuve. Il faudrait donc s'en aller, quitter ce petit hôtel si calme, si commode au travail, avec ses soirées longues et le voisinage doucement animé de la mère et de l'enfant !....

Il fut distrait de ses réflexions par un mouvement inaccoutumé au rez-de-chaussée, des pas précipités, une sourde dispute, puis des coups de sonnette et la bousculade d'une lutte aux meubles renversés, aux imprécations d'une colère d'homme. Fagan, debout dès le premier éveil, s'élança dans l'escalier éteint. Presque aussitôt s'ouvrait l'étage au-dessous : l'homme sortit, furieux, éclairé par Annette dont les mains tremblaient en tenant la lampe. Sur le seuil, il se retourna, vomit, les poings brandis en menace, d'effroyables injures, et s'élança sur le boulevard, jetant violemment la porte que la femme de chambre derrière lui verrouillait, cadenassait avec le plus grand soin.

Immobile, Fagan se tenait dans l'escalier, témoin muet de cette scène et se demandant quel parti prendre, quand, d'un élan irrésistible, il franchit les marches, arriva droit dans le salon où Mme Hulin, affaissée au bord d'un divan, les cheveux dénoués, le regard perdu, se remettait à peine de son drame. Un grand feu de bois l'éclairait seulement, par saccades.

« Entrez, entrez, » dit-elle, les mains tendues. Ces mains étaient glacées et grelottantes.

Il murmura : « Vous appeliez... Je suis venu. »

Et elle, plus bas encore : « Oh ! oui, j'ai eu bien peur. »

Sans l'embarrasser de quelque indiscrète question, il se contenta de dire : « Comment va Maurice ?

— Il dort... il dort, le cher petit... heureusement il ne s'est pas réveillé : on lui a tant donné de chloroforme !

— Alors, l'opération a réussi ?

— Au delà de toute espérance. »

Annette rentrait, inondant le salon de la lumière joyeuse de sa lampe : « Pas de danger qu'il revienne, j'ai mis la chaîne et la barre. » Puis apercevant leur voisin : « Tiens, Monsieur de Fagan... oh ! alors nous voilà tranquilles... »

Quand elle fut partie, Pauline Hulin approcha son fauteuil du guéridon, fit signe à Fagan de s'asseoir de l'autre côté et, ayant repris possession d'elle-même, remis en place d'un tour de main ses cheveux voletants et les honnêtes plis de son peignoir de laine aux dentelles floconneuses : « Vous ne devineriez jamais qui est cet homme... oui, l'homme qui sort d'ici...

— Votre mari, je suppose.

— Vous le saviez ?

— Mais j'aurais mieux aimé l'apprendre de vous.

— Ecoutez-moi, » dit-elle.

Et à cette même place, avec les mêmes abois lointains des chiens de garde, la même trépidation grondante des trains de ceinture, dans ce cher petit salon où il lui avait conté son triste ménage, Fagan écouta les détresses du sien.

Mariée au Havre, il y a dix ans, avec un commissaire de marine, après quatre ans à peine elle avait dû se séparer ; et combien de patience encore pour vivre ces quatre années à côté d'un homme pareil ! Pas méchant, mon Dieu ! ni débauché, ni joueur comme tant d'autres autour de lui, en cette frénétique existence des ports de mer ; mais si jaloux, tellement brutal et déchaîné dans des crises qui revenaient journellement et que rien ne pouvait atténuer ni prévenir, même les précautions de la femme la plus prudente, la moins coquette. Au bal, si elle dansait, scène au retour, et quelle scène ! Pour sa toilette, toujours pourtant contrôlée par lui au départ, — les fichus remontés jusqu'au menton, les manches allongées jusqu'aux coudes, — pour sa tenue, sa façon de valser, de saluer... Si elle ne dansait pas, autre querelle. En voilà une tête de Bartholo qu'on s'amusait à lui donner, tandis qu'on posait soi-même en vic-

me sur les banquettes, parmi les
tapisseries.

Ah ! la pauvre femme, comme elle
les voyait venir avec angoisse ces fêtes officielles où son mari la traînait !
Et cette surveillance ne s'exerçait pas
seulement dans le monde, en soirée ;
le jour, elle devait rendre compte des
visites faites, et dans l'ordre exact,
avec des détails, le nom des gens
rencontrés. Ce contrôle la poursuivait
jusque dans l'intime de son être, la
retraite cachée des idées ou des sentiments. « A quoi penses-tu ? vite,
réponds », jusque dans son sommeil.
Et ses rêves même muets, il fallait les
dire au réveil, au risque de le rendre
furieux s'il n'y figurait pas, car elle
n'aurait su mentir.

Pendant les quatre ans vécus près
de cet homme, elle ne se souvenait pas
d'une seule nuit passée sans larmes,
sans cris, injures et violences où le
malheureux s'échappait emporté par
son délire ; après quoi il se roulait à
ses pieds, sanglotait. demandait pardon.

« J'ai pardonné quatre ans ; et
peut-être, par dignité, par pitié ou
par honte, aussi pour notre enfant,
aurais-je patienté encore ; mais un
soir, — ici sa voix sombra, devint
plus dure, la voix d'une autre femme.
— un soir, le misérable, dans une de
ses colères, finissant par douter que
notre petit Maurice fût son fils, m'ar-
racha l'enfant des bras et le jeta par
terre si violemment... Ah ! mon pauvre petit...

« Dès ce jour, il put prier, pleurer, menacer de mourir et de me tuer
aussi, je cessai d'être sa femme, je
demandai la séparation et je l'obtins.
Quittant aussitôt le Havre avec mon
enfant, je suis venue vivre à Paris
près de ma mère veuve, qui depuis
quelques années habitait cette maison. C'est pour lui plaire, c'est sur
son conseil que dans ce quartier, dans
le monde où nous vivions, je me fis
moi aussi passer pour veuve. La
vieille société parisienne garde une
prévention, une défiance de la femme
séparée ; d'autant que rien n'indique,
à moins de recherches spéciales, au
profit de qui la séparation a été pro-
noncée. Aux yeux de ma chère maman, cette précaution me servirait
surtout quand elle ne serait plus là,
que je resterais seule. Et je dois dire
qu'en effet mon pseudo-veuvage, en
plusieurs circonstances, m'a été
utile... »

Fagan eut un mouvement de tête,
comme pour protester ; et venant tout
de suite à ce qui le tourmentait :

« Vous n'avez donc pas profité des
bénéfices que vous accordait la loi,
puisque votre mari revient chez vous ?

— Il y est rentré aujourd'hui pour
la première fois, répondit Mme Hulin,
le regard limpide... Annette, chaque
premier de l'an, lui écrit de nos nouvelles ; mais jamais avant ce matin
nous ne nous étions revus... Et je l'ai
appelé, moins à cause de cette opération qui pouvait être grave, qu'au sujet de certaine clause de notre séparation. Oui, le conseiller de Malville...

— Malville ?... le wagnérien de ma femme ?

— Le même... il était alors président du tribunal au Havre et, musicien forcené comme mon mari, faisait partie du même quatuor. Aussi, tout en prononçant la séparation à mon profit, — et comment aurait-il pu juger autrement ? — il réserva au père le droit de diriger l'instruction de l'enfant, depuis l'âge de dix ans jusqu'à la fin de ses études... Maurice est près de les avoir, ses dix ans ; et à l'idée que j'allais le perdre, qu'on l'enfermerait loin de moi dans quelque lycée, mon cœur se déchirait... Et lui, le pauvre chéri, il en rêve, il en rêve de peur, toutes les nuits !... J'avais fait demander mon mari, avec l'espoir qu'il aurait pitié de notre petit martyr et me le laisserait à soigner, au delà du temps convenu. D'abord, j'ai cru réussir, quand j'ai vu son émotion, ce matin, osant à peine embrasser l'enfant qui dormait à demi mort, tout blanc de son chloroforme... Le soir, il est revenu, il désirait passer la nuit dans le salon, pour garder Maurice, disait-il, au cas où je serais trop lasse. Il parlait si tendrement, jurait de me laisser mon fils aussi longtemps que je voudrais... c'était si bien rien qu'une voix de père... on lui a fait un lit ici, vous voyez ; moi, près de mon petit, la porte entr'ouverte... Et tout à coup, voilà que le misérable voulait... et que, sans mon refus, ma résistance furieuse...

— Lâche ! » s'écria Fagan, les lèvres blêmes. Mais son indignation elle le rassura.

« Ah ! j'ai senti remonter toute ma haine, et je ne sais avec quelle force j'ai pu le repousser, le chasser, en le menaçant d'appeler toute la maison à l'aide. Je jure bien que cet homme ne s'approchera plus jamais de moi ni de son enfant !

— Vous, la loi vous autorise, mais l'enfant ?

— Avant ses dix ans, j'ai encore trois mois... si dans trois mois son genou est toujours malade, j'espère avoir du tribunal un sursis. S'il est guéri, au contraire, ou si le père a recours à la partialité de son Malville, j'emporte mon petit et je vais me cacher avec lui au bout du monde. »

Un silence ému, un long silence suivit cette menace de fuite et de séparation où leurs idées semblaient déjà s'espacer, en détresse. Soudain Régis de Fagan, comme s'il pensait tout haut :

« Au fait, pourquoi ne pas divorcer ? Après ce premier jugement en votre faveur, rien ne vous sera plus facile...

— Et quel avantage ? »

Il devint très pâle :

« L'avantage de pouvoir vous remarier, et, dans l'homme qui vous aimerait, de trouver un défenseur naturel pour Maurice et pour vous.

— Me remarier !... oh ! je crois bien que mon expérience du mariage est faite... d'ailleurs, j'ai toute une famille très catholique... ma chère mère ppelait le divorce un sacrilège, et moi-même, élevée dans ses idées... » Elle s'interrompit vivement : « A propos... et votre femme, l'avez-vous vue ? j'oubliais de vous en parler.

— Je l'ai vue.

— Sans émotion ?

— Aucune. Une ancienne maîtresse rencontrée par hasard à un tournant de rue.

— Voilà ce que le divorce a fait du mariage, » murmura Pauline Hulin, devenue toute rose en apprenant que Régis avait retrouvé sa femme sans aucun plaisir. « Mais elle, êtes-vous bien sûr de ne pas l'avoir impressionnée ? Ses nouveaux projets, tiennent-ils toujours ?

— Plus que jamais. Seulement, comme j'ai l'assurance que mes filles ne sortiront pas de Paris, je suis ravi d'un mariage qui met cette femme encore plus loin de moi, rend tout rapprochement impossible... Et voyez combien ma position est meilleure que la vôtre. Supposez-vous divorcée, Hulin pourrait se remarier, se refaire un intérieur, une famille, et vraisemblablement vous laisserait tranquilles tous les deux.

— Oui, vous avez raison, » dit-elle, doucement songeuse, « vous avez raison... mais je ne divorcerai jamais, c'est impossible, impossible. »

V

Depuis quelques jours déjà, les affiches du Vaudeville annonçaient très prochaine la pièce de Fagan. On en parlait dans les théâtres, les cercles, aux jours des femmes qui reçoivent, dans les bureaux des ministères, les cafés du boulevard, et déjà pleuvaient sur la table de l'auteur en vogue des demandes de places pour sa première, innombrables, à remplir la salle plusieurs fois.

Un dimanche que ses filles venaient d'arriver, et qu'il leur montrait en riant son courrier, le tas extravagant des solliciteurs :

« Tu sais, père, » dit Nina vivement, « maman désirerait une loge pour ta répétition générale.

— Volontiers, » répondit Fagan, s'assombrissant un peu, comme chaque fois qu'elles parlaient de leur mère... « A une condition cependant, c'est que, ce soir-là, je vous veux avec moi et pas avec elle. »

Rose, toujours bonne fille, allait répondre « Rien de plus simple... » mais elle s'arrêta sur un coup d'œil de sa sœur. En même temps, le petit nez en l'air de Ninette objecta :

« Mais, cher père, tu ne songes pas qu'à chaque instant de ta répétition tu seras appelé sur la scène, dans les coulisses ; et nous, alors, nous resterons toutes seules...

— J'y ai pensé, » répondit Fagan... « nous emmènerons Mme Hulin.

— Mme Hulin ?... Jamais de la vie ! »

Debout, presque sans voix, Rose, la douce et jolie Rose, avait, en proférant ces mots, les traits bouleversés... Non, cela, non ! il n'y fallait pas compter... pour rien au monde elle ne se montrerait en public avec cette personne.

Le père ne se fâcha pas, retenant plutôt une envie de sourire, car il reconnaissait son sang et sa race et toute son île dans cet orage des colonies :

« Cette personne, comme tu dis, ma chère enfant, est une femme digne de tout respect, et je ne sais par qui ni dans quel but tu as été ainsi montée contre elle. D'ailleurs, comment peux-tu penser, toi, ma grande, ma Rose bien aimée, que votre père vous donnerait, en public ou non, la compagnie d'une femme qui ne serait pas l'honnêteté même ? »

Rose ne faiblit pas : « Tout ce que tu voudras ; mais j'aimerais mieux, et ma sœur aussi, nous priver de cette répétition, que d'y assister avec... »

Il ne la laissa pas finir : « Entendu, mes enfants. Ma répétition se passera de vous. Et n'ayant aucun motif pour inviter la future Mme La Posterolle, je vous prie de l'avertir qu'elle ne compte pas sur sa loge. »

C'est à la mère, surtout, qu'il en voulait, se doutant bien que la jalousie de Rose trouvait là un aliment perpétuel. En effet, tenue au courant par Nina dont les yeux fureteurs, toujours en chasse, notaient soigneusement les progrès de l'intimité entre Fagan et sa voisine, Mme Ravaut tirait parti des moindres détails. Ainsi on condamnait encore le petit Maurice à l'immobilité la plus complète ; il fallait le promener dans la voiture où il se tenait allongé, — et Fagan la roulait souvent, cette voiture, de la place sablée devant la maison au rond-point ombreux sous les grands arbres, — ou le porter à bras, et Fagan seul pouvait le faire, enlevant avec précaution le pauvre petit infirme grandi par la maladie, dans son jersey au col blanc, appuyant sa tête toute blonde et pâle à l'épaule de son grand ami. Quand Ninette décrivait de ces scènes intimes, la mère, qui connaissait les faiblesses de ses deux filles, se tournait vers Mademoiselle, l'éternelle confidente, et assez haut pour être entendue : « Vous verrez qu'il adoptera cet enfant et ne laissera à mes pauvres petites que ce qu'il ne pourra pas leur ôter. »

Dès lors, Mlle Ninette, jeune personne déjà très intéressée, eut en horreur le petit Maurice, et si visiblement que l'enfant n'osait plus lui demander à jouer, ni même lever les yeux vers la fenêtre où il la guettait autrefois. Avec Rose, que les questions d'intérêt ne touchaient guère, c'était d'autres procédés ; passionnée sous sa mollesse et surtout très jalouse, elle s'emportait à l'idée qu'une étrangère tenait autant de place qu'elle dans le cœur de son père. Une chose lui plaisait, pourtant, chez Mme Hulin, son côté religieux qui l'empêchait de divorcer, quoique très malheureuse en ménage. La jeune fille, conservant de son séjour à l'Assomption un fond de religiosité, trouvait cela très bien et le disait devant sa mère.

« Allons donc... » ricanait Mme Ravaut, et Mademoiselle, anglaise proestante, ricanait avec elle... « on les connaît. ces dévotes... leur religion les empêche de divorcer, mais c'est tout ce qu'elle empêche. »

Or, Mlle Rose, parisienne moderne, à l'ignorance avertie, savait bien ce que les mots veulent dire, et gardait la conviction que Pauline Hulin était la maîtresse de son père, d'où son indignation à partager la même loge.

Encore un dimanche gâté, un de ces bons dimanches où le père apportait des friandises de tous les coins de Paris, se rappelait des menus de soupers fins pour fêter ses filles, et fleurissait la table de bouquets rares en même temps qu'il l'amusait d'une coquetterie d'esprit et de parole à l'adresse des chères petites qu'on lui laissait si peu connaître.

Cette fois, il leur en voulait, et sa rancune si extraordinaire semblait justifier les calomnies de Mme Ravaut. Fallait-il que sa voisine eût pris du pouvoir sur ce père, si vite soumis et conquis d'habitude ! Lui, regardait les délicieuses toilettes encadrant de furieuses petites moues ; il se rappelait ses nombreux sacrifices, surtout le dernier, cette augmentation de rente accordée sans calcul. Et en même temps, montait du jardin le grincement de la petite voiture sur le sable, avec la voix de cette douce et parfaite Pauline Hulin dont il connaissait les transes, les détresses, et envers qui ses filles se montraient si cruelles.

Pour la première fois depuis l'institution des dimanches de quinzaine,

Régis et ses enfants ne sachant comment finir leur journée ensemble, Anthyme reconduisait Rose et Ninette en voiture, avant l'heure convenue.

« Voulez-vous de moi pour dîner ? » demanda le pauvre père à Mme Hulin ; et, quand il eut conté le motif de sa brouille avec ses filles, en guise de remercîments il ne reçut que des reproches :

« Comment pouvez-vous leur en vouloir d'être jalouses de votre amitié pour Maurice et pour moi ? Rien de plus naturel, cependant, mon ami... D'abord, je n'irai pas à votre répétition. Est-ce que je peux quitter mon petit malade ? Si dévouée que soit Annette, pourrais-je le lui confier pour tout un soir ? Et puis, j'ai le cœur si gros, tant de chagrin en perspective ! Songez que j'en suis presque à désirer que mon enfant reste infirme... C'est affreux ! mais s'il guérit, le père va venir me le prendre... Et vous voulez que j'aille à ce théâtre essayer de me distraire ? Oh ! non... gardez vos filles près de vous, dans votre loge ; et venez me dire en rentrant si vous êtes satisfait, si votre pièce a réussi. Je vous attendrai, je vous le promets. »

Comme tout ce qu'elle disait était sincère, montait de l'intime de son être, avec l'impétuosité tranquille et irrésistible d'une lame de fond, son ami crut en elle et lui obéit de tout point.

Le soir de la répétition générale,

pendant que Mme Ravaut, accompagnée de son fiancé La Posterolle et d'un ami, se faisait ouvrir, en femme qui a l'habitude de ces solennités, une avant-scène des premières, l'auteur de la pièce installait dans une baignoire ses deux filles, chaperonnées de leur Anglaise en bois peint. La salle avait un aspect fantomatique, sous la lumière à demi-lustre laissant voir çà et là, aux divers étages, des groupes d'ombres chuchoteuses, critiques, amis de l'auteur et du théâtre, modistes, couturières, habilleuses ; et de temps en temps, par l'entre-bâillure d'une porte, flottaient les rubans roses des ouvreuses dans les corridors flamboyants.

« Eh bien ! ça marche, il me semble... » murmurait de Fagan, avançant entre ses deux filles rayonnantes une tête de condamné à mort, aux yeux sans regard, aux lèvres décolorées, comme s'il en était à sa première pièce.

« Si ça marche !... mais écoute donc, » répondait Ninette, sans s'interrompre d'applaudir ce second acte, à la fin duquel tous les groupes épars dans la salle s'unissaient pour une véritable ovation. Rose en avait des larmes dans ses yeux purs, et là-haut, Mme Ravaut, éclairée par la rampe, toute penchée hors de sa loge, sans la moindre gêne de sa fausse situation, se pâmait, poussait des cris connaisseurs, aux claquements de son éventail ! « Ah ! très bien... ça, c'est gentil ! » et des sourires d'intelligence, d'approbation aux artistes en

scène, à croire qu'elle était encore la femme de l'auteur.

Femme de l'auteur un soir de succès, voilà qui chauffe une vanité féminine ! Bien sûr que son La Posterolle ne lui procurerait jamais cette satisfaction-là, non plus qu'à ses filles.... Ainsi pensait Régis de Fagan, et rien n'eût manqué à son triomphe, s'il avait deviné, dans l'ombre de sa baignoire, le sourire rassurant, la grâce paisible de Pauline Hulin.

Après le troisième acte, la pièce, qui en avait quatre en tout, ne fit plus que monter. Fagan, ivre de cette joie dont les hommes ne se blasent jamais, voulut y mêler ses filles pour donner à leur vanité une jouissance inoubliable ; et, la porte de sa baignoire ouverte, il reçut devant elles les amis, les solliciteurs aussi, directeurs de province ou de tournées, correspondants étrangers, s'empressant pour traduire et transporter sur des scènes lointaines la nouvelle œuvre de l'auteur acclamé. Entre temps, arrivaient des boîtes de fondants, des fleurs pour ces demoiselles, et des mains se tendaient, des félicitations se criaient du couloir, pendant que Rose et Ninette, absolument étourdies du succès paternel, avaient leur part de ces hommages, si jolies toutes deux et d'une grâce différente, la petite aux yeux rieurs et futés dans un teint d'églantine, la grande, indolente et penchée, mate sous les lumières comme une créole.

« Mes filles ! » disait Régis fièrement.

Et devant ces deux Parisiennettes, habillées et chapeautées à miracle, tous ces boulevardiers, journalistes et gens de bourse à tempéraments de joueurs, se disaient entre eux avec envie : « Des fétiches pareils... pas étonnant qu'il ait la veine ! »

Soudain, le groupe enthousiaste autour du triomphant auteur s'écarta devant une toilette à effet ; c'était Mme Ravaut, précipitée en avant, la main tendue, et secouant celle de Régis, en camarade, virilement : « Bien, ça, mon petit Fagan, très bien. » Puis un sourire radieux à ses filles, et elle passa, laissant une certaine stupeur après son acte si direct, si imprévu, et diversement jugé par les couloirs. D'aucuns y voyaient un coup de tête, un enthousiasme irréfléchi, l'amour de l'Art au-dessus des conventions gênantes ; d'autres, et Régis était du nombre, reconnaissaient bien là cette race de mondaines à réclames, voulant « en être » à tout prix, et se taillant un rôle dans n'importe quelle pièce où elles ne jouent pas.

« Bien ça, mon petit Fagan !... » Il en riait tout seul après avoir mis ses filles et leur gouvernante en voiture, et regagnant à pied son logis lointain pour calmer sa fièvre et ses nerfs au froid hivernal d'une belle nuit claire.

Par constraste, des souvenirs lui revenaient de rentrées avec sa femme, certains soirs où sa pièce n'avait pas réussi. Comme elle lui en voulait alors, de quel mauvais rire elle souf-fletait l'œuvre et l'auteur ! Et ses méprisants haussements d'épaules pour l'espoir qu'il gardait encore ! Ensuite, au matin, quand les journaux arrivaient, dans ce tas de feuilles informées, hargneuses et perfides, comme elle allait à la pire pour lui signaler la ligne incisive, le passage blessant. Ah ! le mauvais compagnon de vie ! Elle pouvait bien s'enlever aujourd'hui, applaudir son petit Fagan ; il se réjouissait de rentrer tout seul, son Fagan, libre sous les étoiles, et de penser qu'elle rageait sans doute du succès qui se préparait, inconteste, fructueux, tel qu'il n'en avait jamais eu de son temps.

Quelques semaines après la représentation du Vaudeville, quand le nom de l'auteur s'étalait encore sur les porte-affiches et son portrait aux vitrines, les journaux annoncèrent le mariage en grande pompe, à la mairie de la rue Drouot, de M. La Posterolle, maître des requêtes au Conseil d'Etat, avec Mme Ravaut. Deux ministres assistaient le mari ; la femme, deux académiciens, dont l'un lui avait déjà servi de témoin à son premier mariage, quelque dix-huit ans auparavant. Toilettes et jolies femmes. Après la cérémonie, les mariés recevaient dans leur appartement de la rue Laffitte.

« Sans mentir, » demandait Mme Hulin à son locataire en visite chez elle ce soir-là, « ce qui s'est passé aujourd'hui ne vous a pas un peu serré le cœur ? » Il lui jura que non, puis avec

des yeux très tendres : « Ah ! que je
voudrais vous voir libérée aussi... Je
sais bien que je suis encore privé de
mes filles ; mais vous allez voir que
Mme La Posterolle sera moins stricte
que Mme Ravaut aux jugements du
tribunal et que mes enfants viendront
chez moi plus souvent... Le divorce,
voyez-vous, le divorce, il n'y a pas
d'autre solution. »

Mais elle secouait la tête, avec le
sourire triste des convictions qu'on
n'atteint pas.

Les faits semblaient pourtant donner raison à Régis. Rose et Ninette
accouraient plus souvent au boulevard Beauséjour et ne s'en tenaient
pas aux dimanches de quinzaine.
Tantôt la grande sœur, tantôt la plus
jeune, en course avec Mademoiselle,
tombait à l'improviste et s'installait
une heure ou deux ; et si Rose continuait à bouder les voisins, maintenant Ninette était la première à vouloir descendre au jardin et courir avec
le petit Maurice qui commençait à ne
plus se servir de béquilles.

« C'est drôle, » disait ce jocrisse
d'Anthyme à la vieille servante du
dessous, « on ne m'ôtera pas de l'idée
que l'ancienne Madame à Monsieur
le fait moucharder par ses filles, par
rapport à votre patronne. »

Pour s'en apercevoir, il ne fallait
pas grande finesse. Mais ce Régis de
Fagan, subtil regardeur et peintre
d'humanité, mettait, comme beaucoup
de ses confrères, tout ce qu'il avait
d'observation aiguë, de complication
d'esprit, au service de son œuvre, et

n'en gardait que tout juste pour
conduite ordinaire de l'existence.
Donc il ne remarquait pas la surveillance exercée sur lui et Pauline Hulin
sur le genre, la suite de leurs relations, et cela dans un but qui devait
lui être bientôt révélé.

Un matin qu'il s'attablait de bonne
heure au travail, il vit entrer Ninette,
la voilette bien serrée sur ses yeux
gâtés, son petit nez rougi par l'air vif,
une main dans la poche de son veston,
l'autre brandissant son en-cas ; et
dans toute sa personne quelque chose
de déterminé et de finaud qui la vieil-
lissait, accentuait sa ressemblance
avec la mère. Un regard autour du
cabinet ; puis, sûre qu'ils étaient bien
seuls, elle commença :

« Un grand ennui nous arrive, mon
cher père. Figure-toi que cousin —
elles avaient laissé ce nom à La Posterolle — est nommé préfet en Corse.
— Et il accepte ? » cria de Fagan
qui, d'une poussée violente de ses
longues jambes, rejeta son fauteuil à
deux mètres de la table. Le petit chapeau à plumes de lophophore s'in-
clina, fit signe que « oui », que cousin acceptait.

« Et votre mère y consent ? Elle
ne se rappelle donc plus nos conditions ? »

Oh ! la dignité, le sérieux de Ninette pour répondre : « Notre mère
a dû se sacrifier à l'avenir de son
mari... Ajaccio n'est que de seconde
classe comme préfecture, mais passe
de première à cause de cousin... son
âge, c'est une superbe position. »

Elle était à peindre, assise au bord d'un fauteuil bas, suivant du bout de son en-cas les dessins du tapis, ses paupières guetteuses relevées de temps en temps pour mieux juger l'effet des paroles. Il comprit qu'on la lui envoyait au lieu de sa sœur aînée trop simple, trop naturelle, parce qu'on voulait obtenir de lui une chose très importante ; et tout à coup, devant cette astucieuse petite commère, de la colère lui montait aux joues comme s'il se fût trouvé en présence de son ancienne femme.

« Que Mme La Posterolle suive son mari jusqu'au bout du monde, peu m'importe !... Mais on m'a promis, juré que mes filles ne sortiraient pas de Paris... ça, jamais on ne l'obtiendra de moi, jamais. »

Il assura sa volonté d'un formidable coup de poing sur son bureau, une de ces démonstrations où s'indiquent le plus souvent la faiblesse d'un homme, son incapacité de résistance. Très calme, Mlle Ninette lui faisait remarquer que sa mère, loin de les emmener, les avait prévenues au contraire, elle et sa sœur, qu'elles resteraient chez les dames de l'Assomption, avec deux dimanches de sortie par mois.

« Seulement, vois-tu, mon père chéri, » — ici battement de cils et regard en dessous, — « l'idée de quitter maman toutes les deux nous fait beaucoup de peine ; et nous venons te demander de lui laisser l'une de nous, ou Rose ou moi, comme tu voudras, d'autant que le séjour de cousin à

Ajaccio n'est que momentané et qu'il a promesse du ministre... »

La petite voix allait, allait, montait en cri d'alouette de plus en plus haut et vite ; et Régis, les yeux fermés, aurait pu se croire à dix ans en arrière, discutant avec Mme de Fagan, vaincu d'avance par la volubilité, l'inlassable entêtement de sa femme.

« Je verrai, je réfléchirai, » dit-il en se levant.

C'est que le temps pressait ; la nomination de cousin serait à l'*Officiel* avant trois jours.

« Eh bien ! mon enfant, demain matin, ta sœur et toi, vous aurez ma réponse. »

VI

La Posterolle, en Corse depuis trois mois, passait pour un des meilleurs préfets que le gouvernement de la République eût encore envoyés à Ajaccio, et cette excellente réputation, il la devait moins à ses qualités administratives qu'au délicieux trio de Parisiennes, sa femme et ses deux belles-filles, installées avec lui à la préfecture. Le joli sourire de ces dames qu'on rencontrait toujours ensemble, leurs toilettes assorties, promenées à pied, à cheval, en voiture, avaient ensorcelé la ville. Pour les voir passer, les cigarières de la grand'rue venaient sur le pas des portes, avec des cris, des yeux d'extase, luisants et bruns dans leurs fichus clairs. Ces peuples du Midi sentent si vivement la beauté, la grâce ! Puis le préfet recevait beaucoup ; et ses soirées du samedi auxquelles la présence de l'escadre dans la rade prêtait encore plus d'éclat, ces fêtes perpétuelles, en même temps qu'elles réveillaient la société assez casanière d'Ajaccio, amenaient des invités des villes voisines, Bonifacio, Porto-Vecchio, Sartène, donnaient de la vie aux hôtels, du travail aux couturières, aux fleuristes, répandant et faisant aimer jusqu'aux extrémités de l'île le nom continental et encore nouveau là-bas des La Posterolle.

Un beau samedi soir, un de ces soirs de l'hiver corse, comparable pour la douceur de l'air à nos mais de France, à l'heure où le jardin de la préfecture s'illuminait de lanternes multicolores, où la musique du vaisseau-amiral s'installait pour l'habituelle sauterie sur le sable des allées, dans l'odeur des orangers et des magnolias, Mˡˡᵉ Rose, toute longue et très pâle dans sa blanche robe de bal, courant çà et là en quête de Mᵐᵉ La Posterolle, finit par la trouver au petit salon avec les invités du dîner qui achevaient de prendre le café. Elle l'appela d'un signe frémissant : « Lis ça, » dit-elle en lui tendant bien vite une lettre ouverte, dont l'écriture seule fit passer un frisson sur le décolletage satiné de Mᵐᵉ la préfète.

Tout bas, en lisant, la mère demanda : « Ça vient d'arriver ?

— A l'instant même... par un garçon d'hôtel... il attend dehors la réponse. »

Volontairement très calme, la mère continuait à lire, à lire en s'éventant, et pourtant il n'y en avait pas bien long :

« J'attends à l'hôtel de France, place du Diamant, que mes filles viennent embrasser leur père. Si je ne les vois pas avant une demi-heure, j'irai les chercher moi-même, à la préfecture.

« RÉGIS DE FAGAN. »

Un « Que faire ? » anéanti passa sur les lèvres au carmin de la préfète. En même temps, Rose murmurait : « Pauvre papa...

— Je t'engage à le plaindre ! » dit la mère sur un ton de haine stridente, qui arrêta net au passage La Posterolle sorti du petit salon pour aller au-devant de l'amiral annoncé. Il lut le billet par-dessus l'épaule de sa femme, et gardant son beau sang-froid d'administrateur, à peine un léger énervement au bout des longs doigts pâles qui caressaient ses favoris, il commanda à mi-voix : « Que Mademoiselle les conduise bien vite, le plus discrètement possible. Pour ce qu'elles ont à dire, vous le savez aussi bien que moi ; la présence de M. de Fagan à Ajaccio nous rend la situation intolérable. »

Comme il achevait, chapeaux brodés et galons d'or étincelèrent sur le perron du jardin. La Posterolle prit son élan : « Ah ! mon amiral... » Et les modulations de sa voix d'estradier, d'homme du monde, furent couvertes par la fanfare du *Redoutable* atta-

...ant la *Marseillaise* au déchirement de tous ses cuivres. Bientôt le bal commençait, et tandis que des salons aveuglants de lumières la valse allait se perdre en tournant dans les ombrages parfumés du jardin, mesdemoiselles de Fagan, des pelisses sombres sur leurs robes ouvertes, s'évadant furtivement avec leur Anglaise, gagnaient, le long des hautes maisons noires, la place du Diamant qui méritait bien son nom, ce soir-là, sous l'éblouissante clarté de la pleine lune et la réverbération métallique et mouvante de la mer étalée au loin.

Dans cet éclairage de féerie, une silhouette découpée en noir arpentait frénétiquement l'asphalte désert de la place.

Comment Régis de Fagan s'était-il résigné à laisser partir ses filles ? Et pourquoi toutes deux, lorsqu'on ne lui en demandait qu'une ? Cela résultait d'un conseil de Mme Hulin, après la visite de Ninette. « Supposez, lui disait-elle, que vous gardiez, comme on vous le propose, une de vos filles à l'Assomption, loin de sa sœur et de sa mère, avec l'unique distraction des deux dimanches passés auprès de vous. Votre enfant se croira victime et vous semblerez son bourreau. Non, puisque cette femme, en dépit de toutes ses promesses, quitte Paris en vous enlevant ou Rose ou Ninette, laissez-les-lui toutes les deux. Soyez pour vos enfants celui qui souffre loin d'elles, gardez les avantages de la séparation, le mirage de l'absence. Leur tendresse pour vous grandira ;

et Mme La Posterolle, encore coquette et jolie, maintenant que la voilà dans un nouveau ménage, avec un mari plus jeune qu'elle, sera peut-être la première à vous dire : « Débarrassezm'en, » et vos filles derrière elle : « Reprends-nous bien vite ».

Là-dessus, les petites étaient parties, promettant d'écrire chacune une fois par semaine. Au commencement, les lettres arrivèrent très ponctuelles, tendres, imprégnées de ces lointaines effusions qui coûtent si peu, apportant aussi la chronique détaillée des fêtes dont Rose et Ninette prenaient leur part, arrivée de l'escadre, visite du *Redoutable*. De vrais morceaux de style que le père, tout heureux, promenait dans Paris, montrait à son cercle, aux foyers de théâtre. Puis Ninette écrivit seule, Rose accompagnait alors son beau-père en tournée de révision ; la semaine suivante, le courrier manqua tout à fait, remplacé par une dépêche annonçant que Ninette s'était foulé le pied dans la visite d'un cuirassé. Un autre mois, ni dépêche ni lettre, un simple billet de Mademoiselle portant que Nina faisait un petit voyage en Sardaigne et que Rose avait pris les fièvres. A la fin, le père se fâchait, menaçait de partir si l'on n'écrivait tout de suite ; et comme on n'avait pas répondu, il était là, maintenant, tremblant de colère, les poings fermés et brandis, roulant des projets de vendetta folle si, à dix heures précises, ses filles n'arrivaient pas...

« Bonsoir, père chéri...

— Ah ! mes petites, que je suis content ! »

Et le pauvre homme, les bras ouverts, les mains désarmées, serrait ses enfants sur son cœur, sur ses joues moites de larmes… Sa Ninette, sa Rose ! il les avait, les tenait là, tout contre… A quoi bon des plaintes, des reproches ? elles ont de si bonnes excuses. « Si tu savais… — Tu n'imagines pas… — Demande à Rose… — Ninette peut te dire… » Elles l'ont pris chacune par un bras, et serré entre elles deux, il se laisse emmener hors de la ville, sur une large corniche déserte, bordée d'un côté par l'éblouissement de la mer, de l'autre par des jardins, des villas, des tombeaux de famille dont les maçonneries blanches s'espacent sur la pente sombre des collines. Derrière eux sonne le pas hommasse de Mademoiselle, qui se tient à bonne distance pour ne rien perdre de tout ce qu'A changent le père et ses enfants.

A présent, c'est Ninette qui le gronde doucement de l'imprudence qu'il a commise, en débarquant ainsi à l'improviste. Quel scandale, quand on saura la présence en ville du premier mari de Mᵐᵉ la préfète ! « Songes-y, petit père, vois la situation que tu fais à maman… » L'accent de Ninette — pas encore quinze ans — a tant d'autorité, son bras presse si vivement le bras de petit père que celui-ci commence à se sentir coupable. « Et pour nous, pour ma sœur et moi, » continue la rusée, s'enhardissant à mesure que le père faiblit,

« quelle attitude impossible ! Personne ici, ou presque personne, ne savait la vérité ; on croyait maman veuve et nous autres orphelines. » Fagan veut protester ; cette perspective d'être porté comme disparu l'offense et le navre. Mais Ninette a réponse à tout :

« Tu comprends, dans ce pays-ci, ils ne sont pas au courant de nos célébrités théâtrales… si arriérés en toutes choses… Tu penses si le divorce est mal vu ! il y aurait là de quoi empêcher le mariage de Rose. »

Cette fois, le père se révolte. Comment ? Rose se marie et il n'en savait rien ? Mais d'une pesée tendre à son bras, sa grande fille le calme vite. Mariée, elle ne l'est pas encore. Un M. Rémory, substitut à Bastia, lui fait la cour ; le fils d'un président de Chambre, de Paris, ce qu'on peut désirer de mieux comme famille. Ce mariage sourit à La Posterolle, pour la raison surtout qu'il mettrait fin probablement à l'hostilité qui divise Bastia et Ajaccio, la magistrature et l'administration. Pourtant rien n'est encore décidé, et M. Rémory père, qui habite Paris, doit tenter une prochaine démarche officielle auprès de Fagan, à moins que le scandale de sa présence en Corse n'amène une éclatante rupture.

« Mais il n'y aura pas de scandale… » dit le père, ému de sentir trembler sa grande Rose… « Voyons, c'est donc qu'il t'a déjà pris le cœur, M. le subsistut ? »

Et comme, au lieu de répondre,

Rose semble prête à pleurer, il la rassure doucement, la fait asseoir sur un murtin de pierre sèche au bord du chemin, lui tout près d'elle, Nina de l'autre côté, et Mademoiselle en faction quelques pas plus loin, droite comme un gabelou sous la lune.

« Ecoutez-moi, mes mignonnes, — en parlant, il caresse entre ses mains les mains de ses fillettes, — j'avoue ma démarche imprudente. Mais tout peut se réparer. On ne me connaît pas encore à l'hôtel de France, on ne sait pas mon nom, je puis en prendre un supposé, rester là cinq à six jours sans voir personne, à la condition que tous les soirs je ferai avec vous deux, sous la surveillance de Mademoiselle, une promenade mystérieuse comme celle-ci.

— Mais, le jour, que deviendras-tu ? » dit Rose touchée de cette grande affection sans ombre d'égoïsme. « Encore si je pouvais venir m'enfermer avec toi ! »

Et Ninette, vivement : « Tu n'y songes pas, ma sœur ? Qu'on voie l'une de nous entrer à l'hôtel, connues comme nous sommes !...

— Non, non, mes enfants, ne vous occupez pas de mes journées; je chercherai un dénouement qui me manque, ou j'irai pêcher au large avec les sardiniers. Je serai toujours content, pourvu que le soir je retrouve mes filles et que nous causions ensemble devant ce magique horizon... Il fait si bon, on est si bien... ah ! mes chéries... »

C'est vrai qu'une soirée pareille lui payait bien des mois de tristesse et de solitude. Ninette sur ses genoux, Rose appuyée à son épaule, devant eux la mer argentée, la mer immense s'étalant le long du rivage en lourdes secouées de bruit et d'écume. Au large, sur la droite, le clignotement du phare des Sanguinaires dont la prunelle est tour à tour verte ou rouge ; et remuées par la tiède haleine de la nuit, des ombres de branchages légères et frémissantes, des odeurs d'orangers, de citronniers venues des jardins de Barbicaglia où des chutes mates de fruits mûrs sur la terre font tressaillir les causeurs. « Ecoutez... on dirait quelqu'un qui marche... par là, non, par là... » Et tous trois de rire, en se rapprochant les uns des autres.

Le père, inscrit sous un faux nom à l'hôtel de France, passa toute la journée du lendemain dans sa chambre et n'en descendit que pour aller au bain. Sur la porte de cet établissement fort peu fréquenté à Ajaccio comme dans la plupart des villes du Midi, il heurta un jeune gommeux, armé d'un parasol de soie tendre et tenant en laisse un chien griffon de la taille d'un rat.

« Diable m'écrase ! mais c'est de Fagan... Hé ! comment va, mon petit trognon, mon vieux célèbre ?... Qu'on se rencontre ici, celle-là est d'un caviar !... »

Gêné de s'entendre interpeller ainsi, lui qui se cachait, Fagan entraîna plus loin le jeune sot faisant partie de son cercle des « Hannetons » et qui avait tenu un bout de rôle dans une de ses pièces, jouée un soir de gratin. De là, l'intimité, les « mon petit trognon, mon vieux célèbre, » qui, dans les circonstances actuelles, si loin de l'argot des boulevards, semblèrent à Régis pitoyablement ridicules.

« Je vous en prie, baron, » — le père du petit Rouchouze était baron et son fils lui empruntait ce titre volontiers avec bien d'autres choses, — « je suis ici dans le plus grand incognito, et vous m'obligeriez...

— Silence et discrétion, ma vieille branche. Tiens ! mais j'y pense, Mme La Posterolle est votre... alors les demoiselles de la préfecture, ces jolies manolas... mon compliment, très cher, vos filles sont tout à fait girondes... et si la dame de pique ne m'avait pas nettoyé jusqu'à l'os, je vous aurais demandé la plus jeune... un peu verduron, mais j'adore les cerneaux. »

Oh ! l'inexprimable regard dont le père toisa ce baronnet trapu, lippu, dont les trente ans en paraissaient cinquante, avec son teint foie de poisson, sa tenue de cocher anglais, une énorme hure de porc en cornaline épinglant sa lavallière sang-de-bœuf. Un mari pour Ninette, ça ! Il se contint pourtant, ayant besoin de la discrétion du gentilhomme, et s'informa de ce qu'il était venu faire en Corse.

« Me mettre au vert, mon bon... a la suite d'une culotte dans les grands prix, mon dab m'a forcé à reprendre les eaux et forêts lâchées à la mort

de maman, et me voilà pour un temps indéfini dans ce pays de brigands avec cent francs par mois que me donne l'Etat et ce que je décroche, le soir, à un cercle de pannés, où ce n'est pas commode de trouver sa matérielle... Heureusement, il me reste encore les diamants de la bonne femme, puis j'ai amené Firmin, l'ancien chasseur du cercle, et c'est un père La Ressource qui ne laissera jamais son patron mourir de faim... Venez donc déjeuner chez nous, un de ces matins, là-bas, tenez, cette grande baraque... » — il désignait de la pointe de son parasol une haute maison italienne à pic sur l'eau noire, au fond du port, — « cinq pièces au second, avec des plafonds comme place Vendôme ; pour me servir, Firmin, déjà nommé, et ma cuisinière Séraphine, la très belle femme d'un muletier de l'Ile-Rousse, qui passe pour la meilleure vocératrice d'Ajaccio. Entre nous... » ici le baron baissa la voix et, de l'air le plus abominablement niais, avoua que Séraphine allait bientôt lui accorder ses faveurs, dont la première, la plus précieuse de toutes, avait été de se laisser conduire au bain par son heureux maître et seigneur qui l'attendait.

« ... Inutile de vous dire si je vais tenir à distance ce fantoche, » écrivait de Fagan rentré à l'hôtel et mettant la chère Mme Hulin au courant de son voyage. Mais comme il s'illusionnait, le pauvre homme !

Dans cette chambre où le confinait

...onté de ses filles, plutôt de leur ... exigeant qu'il ne se montrât ...ais en plein jour, un ennui pro... ... gagna vite, le pénétra comme ... brume étouffante, lui ôtant toute ...ée, toute possibilité même de travail. ... se levait tard, guettait par l'entre...aillure de ses persiennes ensoleil...ées l'entrée d'un navire, d'un corail...eur napolitain, sa haute voile ou...erte de biais comme une aile, lisait ...ans regarder son livre, et après trois ...aigres repas expédiés sans appétit, ...tteignait enfin neuf heures du soir, ...'instant où ses filles viendraient le ...rejoindre sur la route des Sangui...naires.

Aussi, quand, le surlendemain de ...eur rencontre, le baron Rouchouze ...apparut, un jeu tout neuf dans sa po...che, et lui offrit un joli cinq sec, à un ...louis la fiche, l'ancien batteur de car...tons qu'avait été de Fagan en sa jeu...nesse surgit de l'ennui de cette cham...bre d'hôtel, et la partie commença... Faire trois cents lieues, passer la ...mer, habiter cette île parfumée et pit...toresque de roches et de maquis, et ...s'enfermer à volets clos pour des par...ties interminables avec le petit Rou...chouze, quand on est Régis de Fa...gan, l'écrivain dramatique des Fran...çais et du Vaudeville !...

Vers six heures, Firmin, rasé, ...correct, en noir de la tête aux pieds, ...apportait un verre d'eau de Vichy à ...son maître qui ne manquait jamais, ...en remettant le verre vide sur le pla...teau, de faire au majestueux larbin, ...de son pouce frotté vivement contre

l'index, une expressive demande : « Passe-moi quelques louis... » car la malechance s'acharnait au baron, malechance dont il se consolait en songeant à l'honneur d'être battu par un auteur célèbre, et comptant sur le baccara plus productif de son cercle de pannés.

Le soir aussi, Fagan, au bras de ses deux filles, dans le décor magique dont ses yeux ne se lassaient pas, oubliait l'abrutissement de ses journées. Toujours le premier arrivé, assis en quelque abri de roche au bord de l'eau, il entendait venir de loin le craquement des petites bottines sur la route, des rires étouffés, le clair chuchotis de ses fillettes qu'amusaient le romanesque, le mystère de leurs rencontres.

« Un vrai rendez-vous d'amoureux, » murmurait Ninette.

Et Rose : « Un amoureux pour deux, alors ?

— Même pour trois... nous avons Mademoiselle. »

Subitement le père se montrait, et c'était un décliquement de jolis petits cris de peur, puis de longs baisers, et du caquetage à voix basse sur l'emploi de leur journée, les visites reçues et rendues, l'essayage de leurs costumes pour le grand bal paré et travesti qui devait se donner à la préfecture, la nuit du Mardi-Gras. Ninette en infante de Velasquez aux jupes raides, aux clairs satins ; Rose, en noble vénitienne, ses cheveux passés au henné.

« Et dire que je ne pourrai pas

vous voir !... » ronchonnait le pauvre Fagan, obligé de s'embarquer dans huit jours, le matin même du Mardi-Gras. « J'ai bien envie de retarder encore d'un paquebot. »

Il proposait cela timidement, ayant déjà remis son départ. Mais Ninette, toujours armée de la consigne maternelle, le détournait doucement de son projet. A quoi ce retard lui servirait-il, puisqu'il ne pouvait venir au bal, ni elles monter jusqu'à sa chambre dans leurs costumes ? et pour achever de le décider : « D'ailleurs, un jour ou l'autre, ta présence connue ici nous causerait de vrais ennuis. Il faut que tu partes, petit père, le président Rémory doit venir te demander la main de ta fille et ce n'est pas Anthyme...

— Bien, bien, je partirai, » disait le père dont l'accent bourru s'attendrissait au contact d'une bouche fraîche sur sa main, un muet remerciement de sa grande Rose.

Oh ! oui, celle-là l'aimait bien, sans pose ni grimaces ; Ninette l'aimait aussi, mais trop gamine encore, toujours en puissance de la mère et de cette implacable Anglaise, cette salutiste enragée, qui, du premier jour de son entrée chez les Fagan, s'était montrée méprisante du mari, créole parisien indolent et sceptique, travaillant à la perdition des âmes par le théâtre. Sur la tendresse de sa Rose, ni le venin salutiste, ni les calomnies de la mère, rien n'avait pu mordre ; il la sentait à lui pour toujours, et certaines choses de son cœur, il les gardait pour elle seule.

C'est ainsi qu'un soir, Ninette et la gouvernante restées en arrière, il essayait de lui parler de Pauline Hulin, de la solide et noble amitié qu'il trouvait chez cette femme : « Tu l'as mal jugée, ma fille, mais tu verras, un jour tu la connaîtras mieux... » Rose ne répondait pas, les yeux au large, comme absorbée par les feux changeants du phare, son clignement lumineux. « Sais-tu, » continua Fagan, « que si elle avait été veuve comme je le croyais d'abord, je l'aurais épousée, probablement... cela t'aurait-il fait de la peine ?

— Oh ! oui, » murmura la jeune fille avec une violence contenue.

« Et pourquoi ?

— Parce que sentir une femme nouvelle entre mon père et moi, une autre femme que maman dans la maison...

— Pourtant, ta mère s'est remariée... il y a un autre homme que ton père, chez vous, auprès d'elle.

— Oh ! ce n'est pas la même chose... ou du moins, cela ne me fait pas la même chose. »

Fagan rit, à demi fâché :

« Alors ta mère avait le droit de se marier et moi pas ? Tu me condamnes à rester veuf, à vivre seul, tandis que tu te marieras, toi aussi, puis ta sœur... Vous aurez toutes un foyer, excepté moi... Voilà bien un raisonnement féminin. »

Rose se serra contre lui :

« Que veux-tu ? je suis jalouse... Cette Mᵐᵉ Hulin, du premier jour je l'ai détestée... Oui, je la détestais

mme ta... comme ton amie. Pense,
elle devenait ta femme ! »

Il allait répondre ; mais Ninette
s'approchant, ils causèrent d'autre
chose.

VII

Le vent soufflait en tempête sur la
route des Sanguinaires, où s'écrasaient les lames écumeuses, faisant
une mouvante et large bordure blanche au chemin noir comme la nuit et
plus désert encore que d'habitude.
Pas une étoile en haut ; le tumulte de
la mer invisible et grondante ne se
devinait qu'à la lueur du phare, montant ou s'enfonçant, pareille à une
allumette jetée sur la crête des vagues
et qui s'y tiendrait, par miracle, enflammée.

« Est-ce toi, père ? » appelait à mi-
voix une des filles de Régis, au bruit
rapproché des cailloux sous un pas
qui se hâtait.

« Oui, mes enfants. »

Il s'étonna de les trouver avant lui
au rendez-vous, attribuant cette précipitation à leur désir de rester plus
longtemps ensemble le dernier soir,
car il partait le lendemain, à une
heure, par le *Général-Sebastiani*.

« Quel mauvais temps tu vas
avoir ! » dit Rose toute frissonnante.
Mais la jeune sœur ne voulait pas
qu'on s'attendrît. « Qui sait ?... d'ici
demain... » et sautant au bras de son
père : « Galopons un peu... avec ce
mistral, on ne peut pas rester en
place. »

La tempête la grisait. Elle forçait
son père et sa sœur à courir comme
elle, tête au vent, riait des embruns
qui l'éclaboussaient ; puis, s'arrêtant
tout à coup : « N'allons pas trop loin,
tu sais, Rose, il faut rentrer de bonne
heure. »

Fagan s'inquiétait : « De bonne
heure, et pourquoi ?

— Notre charade que nous répétons... généralement... en costumes
C'est demain notre première. »

Il lui vint une bouffée de colère,
bientôt rentrée, contenue, parce qu'il
voulait laisser à ses filles un souvenir
tendre, sans alliage. Il balbutia seulement, tout navré : « Ce n'est pas
gentil, juste le dernier soir... »

Rose dit : « Pauvre père ! » Et Ninette : « Ecoute donc, nous sommes
arrivées avant toi, ma sœur peut te
le dire... Nous t'attendions depuis
vingt bonnes minutes. »

La grande sœur ne répondit pas,
pénétrée de ce que ce marchandage
de minutes avait d'absurde et de
cruel. Tous trois restèrent immobiles et transis, ne trouvant plus une
parole. Jamais, comme en cet instant,
sur ce rivage obscur et tourmenté,
Régis de Fagan ne s'était senti si las
de vivre et de lutter, de disputer ses
enfants à cette femme. Tout renonçait
en lui, et sa haine pour la mère, et sa
passion pour ses bien-aimées. Son
cœur de père cessait momentanément
de battre ; et ce fut une minute mortelle, l'angoisse et le détachement suprême de l'agonie. Une caresse de
Rose qui semblait le deviner, quel

ques phrases adroites de Ninette le tirèrent de cette syncope morale, dont il garda désormais le souvenir et la crainte.

« C'est vrai, ma grande, ce que me dit Nina ? N'imaginez-vous pas cela pour rendre nos adieux moins pénibles ?

— Rien de plus vrai, mon père... M. Rémory a promesse d'un poste de substitut à Versailles. Alors, le mariage se ferait à Paris et tu aurais ta fille tout près de toi.

— Sans compter, » ajouta Ninette, « qu'avant peu cousin sera nommé conseiller d'Etat et nous irons tous habiter là-bas... On se verra souvent... Hein ! nos bons déjeuners du dimanche... tu crois que ce ne sera pas gentil de les reprendre ?

— Oh ! si... » soupira Fagan ; et menteuses ou réelles, ces espérances adoucirent la séparation, les adieux dans la nuit profonde où il embrassait ses filles sans les voir.

Rose avait dit vrai. Quand il s'embarqua le lendemain, sous une fine pluie mêlée à la poussière humide des embruns, la mer était énorme, démontée même au fond du port, la jetée disparue sous les lames, les quais inondés à tout moment de lourds paquets d'eau étalés jusqu'aux maisons où se réfugiait la foule en courant et riant. Des navires entraient, s'abritaient, voiliers, vapeurs, corailleurs, barques de pêche, quelques-uns avariés, tous fuyant le temps, l'horrible bataille des vents et des flots dont au

loin s'entendait la continuelle canonnade ; et là-bas, dans la rade, on voyait s'avancer lentement un immense transatlantique qui, porté par les vagues grossies, semblait plus haut que les toits, comme en l'air...

Lorsqu'un paquebot de cette taille se détournait de sa route pour chercher un refuge, le *Général-Sebastiani* pouvait sans honte remettre son départ au lendemain ; mais pour cela il l'eût fallu commandé par un autre que ce petit homme noir et sec, à profil de dindon, arpentant sa passerelle de rageuses enjambées, les dents serrées sur le roseau de sa grosse pipe rouge dont le tuyau faisait plus de bruit que la cheminée du bateau, et ne répondant qu'une chose aux voyageurs effarés qui venaient à lui : « Embarque qui veut, mói *ze pars avé li civaux...* » une quarantaine de petits chevaux corses qu'il emmenait à Marseille, entravés dans l'entrepont découvert et déjà hennissants d'épouvante.

Fagan, qui savait la mer, ayant fait maintes fois la traversée de Bourbon, s'amusa de ce voyage de goéland, une aile en l'air et l'autre dans l'écume ; et puis sa tristesse, le mal de solitude dont il souffrait ce jour-là plus que jamais, une de ces heures où on aime le danger, où on le cherche, surtout le danger de l'élément qui fait la mort plus grandiose, comme impersonnelle, l'engloutissement de la bouche d'ombre, dans une vision d'apocalypse... Aussi, tandis que la plupart des passagers inscrits

ettaient leur voyage, il s'installait
ns la meilleure cabine des premiè-
, et comme la cloche de l'avant son-
t, lointaine, éparpillée par l'oura-
n, il monta sur le pont.

Les quais tout grouillants, les
illes maisons sombres, la guérite
anche de la jetée, tout fuyait, se ra-
tissait par soubresauts, et à mesure
u'on avançait dans la rade élargie,
lame devenait haute et lourde, la
nonnade des brisants se rappro-
ait. Bientôt le rocher rouge des
anguinaires se dressa dans le ciel
oir, le phare à une pointe, à l'autre
tour gênoise ; et là-bas, sous les
mbres verdures de Barbicaglia, une
oute en ruban dessinait la côte, ré-
eillant au cœur de Régis la pensée
ndre de ses filles, les bonnes soirées
cues si vite.

Songeaient-elles à leur père en ce
oment, ou seulement aux costumes
our la charade du soir ?... Comme
ose serait jolie dans sa robe véni-
enne, et le minois de Ninette parmi
s satins de l'infante ! Quel malheur
e n'avoir pu entrevoir cela d'un coin
scur, aussi peu même, aussi vite
ue le passant qui regarde les fem-
es, encapuchonnées pour le bal,
escendre des voitures, et les admire
ans leur rapide passage à la lueur
s torches de fête...

Un formidable coup de mer inter-
mpit brusquement sa rêverie, cou-
ant le pont de bout en bout, arra-
ant les banquettes, les coursives,
tandis que Régis s'accrochait à la
mpe sous le tambour des premiè-

res, le culbutant tête arrière dans
l'escalier. Un prêtre et deux officiers,
avec lui tout le personnel de l'avant,
l'aidèrent à se relever, à se sécher ;
puis l'ordre donné de fermer les
écoutilles, ils restèrent tous les quatre
à se regarder dans le salon obscur
et moisi où traînaient les cuvettes çà
et là sur les divans. La trépidation
de l'hélice avait cessé. Le navire roulait d'un bord sur l'autre, avec un balancement long, un silence qui faisait
peur. Un cuisinier aussi blanc que sa
barrette entr'ouvrit la porte et dit, en
se cramponnant à la main courante :
« L'arbre de couche est cassé. On va
essayer de la voile pour retourner à
Ajaccio. » Et le tragique de la situation se complétait du couronnement,
par la violence du coup de mer, de
presque tous les chevaux embarqués,
que l'on avait dû jeter par-dessus bord
et qui, hennissant et se débattant, les
jambes en l'air, les sabots entravés,
formaient dans le sillage écumeux du
navire, un Montfaucon houleux,
gluant et noir.

La nuit tombait, quand, par un
miracle d'adresse et de chance, le
Général-Sebiastiani, sorti vapeur du
port d'Ajaccio, y rentra navire à
voile. Un crépuscule lilas noyé d'embruns enveloppait la ville où s'agitaient des lumières et des chants, des
cris, des tambours, pétards, cornets
à bouquins, cors de chasse, tout le
tintamarre carnavalesque d'un soir
de Mardi-Gras italien, auquel la
grande colère de la mer faisait une
basse profonde et continuelle. Fagan

ne savait quel parti prendre. Rester à bord dans le gâchis, la mouillure, les coups de marteau du radoubage : ou bien dîner et coucher à terre par une nuit de mascarade et de vacarme populaciers, quand on a le cœur plein encore de la tristesse des adieux. L'un ne valait pas mieux que l'autre. Ce qui le décida, ce fut la pensée de se rapprocher de ses filles, l'espérance de voir de loin les lumières de leur bal, ou même, quelque chance aidant, de les embrasser une fois de plus.

Il pataugeait dans la boue des quais balayés encore de temps en temps par les lames livides sous les réverbères, quand il se heurta contre un homme qui courait, un paquet dans les bras.

« Tiens ! Fagan... D'où sortez-vous donc, mon vieux célèbre ? Je vous croyais parti.

— Vous voyez, j'arrive. » Et, son aventure rapidement contée, Fagan demanda : « Mais vous-même, baron, où courez-vous si vite avec ce chargement de garçon tailleur ? »

C'est vrai que, pour un gentleman qui avait, à l'entendre, monté en course je ne sais combien de fois, porter ce gros paquet enveloppé de lustrine, cela manquait de caviar. Pour achever de se déconcerter, subitement le baron se rappelait qu'il avait laissé partir son vieux célèbre sans lui régler un petit solde de cinquante à soixante louis, reliquat d'une dernière séance d'écarté.

« Au fait, mon cher Fagan, puisque votre soirée est libre, montez donc dîner chez moi... Après dîner, nous pourrons cartonner une couple d'heures, car la bande ne viendra me prendre que fort tard. » La bande c'était huit à dix jeunes gens du cercle, qui, déguisés et masqués, devaient courir et intriguer les salons d'Ajaccio, comme il est d'usage là-bas, les nuits de carnaval : « Justement, je viens de chercher mon costume de Méphisto... prenez garde aux deux marches, mon bon, nous voici chez nous. »

Tandis qu'ils montaient l'escalier d'une antique maison dont la rampe et les murs ruisselaient, Fagan, qui suivait et écoutait sans rien dire, interrogea vivement le petit Rouchouze : « Entrerez-vous à la préfecture, dans vos courses de cette nuit ?

— A la préfecture ? Je crois bien... il y a bal et comédie.

— En ce cas, mon cher baron, tâchez de m'avoir un déguisement quelconque, et emmenez-moi.

— Rien de plus facile... » dit l'autre, que ce service mettait à l'aise avec son créancier. La troupe italienne du Grand-Théâtre était toute à sa disposition ; et l'on pouvait demander à la basse Deodato... Non... plutôt au baryton Paganetti, un grand, long comme Fagan, n'importe quel costume au choix... « Ah ! voilà Firmin... Firmin, un couvert... Monsieur dîne avec moi. »

La moisissure de l'escalier semblait avoir gagné l'appartement, haut de plafond, d'un mobilier rare et sévère, que la veuve Limperani, mère d'un mônier de la marine absent pour [plu]sieurs années, louait au baron [B]ouchouze. Des coquillages, des plan[te]s exotiques, des coraux séchés, une [fr]égate en miniature sur la cheminée, [d]es images de sainteté à la muraille, [e]t partout, au dos des fauteuils fanés, [s]ur le marbre fêlé de la console, des [o]uvrages au crochet, des tapis de [p]ied devant les sièges, dissimulant [m]al le carreau dérougi, tout cela [f]roid, mal éclairé, inconfortable, appauvri encore d'une odeur d'oignon [f]rit venant de la cuisine. Le contraste [é]tait comique de cette installation aux [re]chiqueuses façons du locataire et de [s]on majestueux Firmin.

Celui-ci paraissait plus gêné que [s]on maître d'initier un Parisien aux misères de leur intérieur ; pour les dissimuler, il redoublait de tenue, de correction, lançait un « Monsieur le baron est servi », d'une solennité bien inutile, quand on entrait dans la salle à manger sans feu, sans rideaux, aux fenêtres noires et hautes, étoilées des fanaux tremblotants du port, à la table mélancolique où fumait la soupe à l'oignon entre un plat de poisson bouilli et le caillé traditionnel, le *bruccio* sans lequel il n'y a pas de dîner corse.

Ah ! oui, M. le baron était servi, mais bien piteusement ; ce qui ne l'empêchait pas d'enfler son jabot, de cligner des petits yeux coquins en narrant, d'un bout à l'autre du dîner, ses innombrables bonnes fortunes dans l'île, à tous les étages de la société.

« A propos, et Séraphine ? » demanda Fagan en passant dans le salon où le café les attendait sur la table à jeu, entre les jetons et un paquet de cartes neuves.

« Séraphine ? Oh ! plus que jamais... Une femme idéale, vous savez... Il faut venir en Corse... poète, cuisinière, les jambes de Diane et ne me coûtant pas un radis... Mais attendez, mon petit trognon, vous allez juger vous-même. »

Elle vint à l'appel du maître, grande et forte fille, à la taille massive, aux jambes robustes mais de lignes élégantes sous le mince plaquage de la jupe.

« Ote donc ça, » dit le baron, levant le fichu jeté sur ses cheveux et qui lui cachait la figure, un front bas, zébré d'une longue cicatrice, des yeux bruns, de grands traits durs et réguliers.

« Mon compliment, cher ami, » répondit Fagan aux « hein ? » significatifs de son hôte. « Mais d'où lui vient la belle estafilade qu'elle porte au-dessus des yeux ? »

La femme avait compris. Elle dit fièrement : « U cultellu di u maritu.

— Oui, mon bon, ce brutal muletier, dans une scène de jalousie... d'un grand coup de couteau... Pauvre vieille bique, va ! » Le baron lui tapotait les hanches d'une main et de l'autre coupait les cartes, impatient de commencer cette revanche pour laquelle il avait attiré Fagan dans son taudis.

On sonna violemment.

« Votre costume, sans doute... » dit Rouchouze ; mais il devint soudain très pâle aux pas balourds, au gros rire d'ogre dont s'emplit le corridor, puis la cuisine où Firmin avait fait entrer le nouveau venu.

« U maritu ! » murmura la Séraphine pressée de retourner à son fourneau, pendant que le baron lui jetait en sourdine : « Fais-le bien dîner...

— Vous paraissez troublé ?... » demanda Régis à son hôte. « Est-ce l'arrivée d'Othello ?

— Non... mais cet animal-là, quand il vient, réclame toujours quelque chose. »

Des souliers à gros clous avançaient dans le corridor, une main rude heurta la porte : « Entrez, » fit le baron, presque aphone.

Un géant rasé, le *pelone* aux épaules, un foulard écarlate noué lâchement sur un cou robuste et rond que le cuisant soleil des montagnes ne semblait pas avoir bruni, la poitrine large et dure comme une table de marbre, et des mains énormes, ce qui ressortait surtout de sa personne, des mains couleur de terre, tortillant une vieille casquette qui sentait le fauve et le maquis.

« Quoi de neuf, maître Palombo ?

— Rien de bon, moussu le baron... » Et, très calme, le mari de Séraphine raconta que dans le Monte Rotondo, deux de ses mules, des bêtes magnifiques, avaient attrapé une grosse pluie d'orage, un coup de froid par là-dessus, et couic ! mortes

toutes deux d'une *pountoura;* il fal les remplacer tout de suite, ou c'é le commerce arrêté, dans la sais sa ruine et celle de ses frères. Mais trouver tant d'argent que ça, *chère ?* Alors, il s'était pensé... Sér phine disait que *Moussou* était si b pour elle !...

Pendant que l'homme parlait, s petits yeux d'éléphant, perdus dar des plis de peau, fixaient sur le br du fauteuil, où s'étalait le baron Ro chouze, le fichu de tête oublié par S raphine. A mesure sa voix devena plus âpre, presque insolente, malgr le doucereux des paroles ; et le baror qui suivait ces regards et cette pro gression de menace, aussi ému par l présence de ce chiffon de soie que s le mari l'avait surpris avec sa femm sur les genoux, perdait la tête, bé gayait de peur, s'informant de c qu'il faudrait à son brave, à son ex cellent Palombo pour remplacer s paire de mules.

« *Houit* cents francs, pas ur *escoude* de moins. » Ici le muletier qui réservait son effet pour le grand moment, jeta la main en avant, e d'un ton sévère : « *Ma*, c'est à Séra phine, ça. »

Les traits du baron se décomposè rent et, tourné vers Fagan, à voix très basse : « Au nom de la pitié, mon vieil ami avancez-moi quarante louis, vous me sauvez d'une catas trophe. »

Il prit le large billet bleu que Fagan lui passait et, le donnant à Palombo avec une aisance rassurée, épanouie

Huit cents francs pour tes mules, mon garçon, et le restant pour ta femme. »

Le rufian empocha, rendit grâces, et rentra dans la cuisine où l'on entendit longtemps de grands éclats de rire et le grésillement de la friture.

Après cet assaut, le baron voulait continuer le jeu ; mais son partenaire, jetant les cartes, lui prit les mains par-dessus la table, et cordial, presque paternel : « Non, mon enfant, restons-en là, je vous en prie.

— Pourtant, mon bon...

— Je sais, vous voulez votre revanche, mais j'ai mieux à vous proposer. L'argent que je vous gagne depuis dix jours pèse à ma poche ; voilà pourquoi vous m'avez vu tout à l'heure si content de vous venir en aide. Laissez-moi joindre à cela quelques billets de mille que votre enragée déveine...

— Oh ! monsieur de Fagan... » balbutia le pauvre diable, les lèvres gonflées d'émotion... « Quel service, si vous saviez... »

Sans achever sa phrase, laissant tomber son masque de gandin, il se mit à pleurer tout haut, la tête dans les poings, comme un gros enfant qu'il était. Soudainement des sonneries de trompe éclatèrent sous les fenêtres.

« Les voilà ! » cria le baron, sur pied tout de suite et les yeux secs... « vite, habillons-nous. » Et les jambes fourrées dans le collant de Méphisto, ajustant la petite coiffure dantesque, il murmurait, très sincère : « Ce vieux Fagan, tout de même, quel bon zig ! » Mais Fagan ne répondait pas, très occupé d'entrer dans la souquenille mi-partie et le bonnet de fou à grelots, prêtés par le baryton Paganetti.

Dans l'ombre et le brouillard du quai s'agitaient de jeunes masques aux couleurs variées, ayant tous le parler veule, l'argot boulevardier de cercle et d'écurie du petit Rouchouze, leur modèle et leur instructeur. Zézayé par l'accent du cru, ce langage faisait l'effet des modes parisiennes ajustées aux femmes de Tahiti.

« Mon ami Rigoletto, dit le baron présentant son invité...

— A la recherche de sa fille, » ajouta Fagan pour dire quelque chose. Et l'autre, près de son oreille : « De ses filles...

— Tiens ! c'est vrai, je n'y pensais pas. » Et le père sourit à cette coïncidence de théâtre l'affublant d'un rôle en rapport avec sa situation.

« Par où commençons-nous ? » s'informa quelqu'un. Fagan, qui ne tenait pas à passer la nuit dehors, répondit : « Par la préfecture. »

Le temps de traverser deux ou trois ruelles étroites, très animées malgré le noir, la bande escortée de gamins, de lanternes multicolores et du refrain cent fois répété d'une scie locale : « *O Ragani ! O cho dotto !... O Ragani ! O cho dotto !...* » arriva chez La Posterolle, comme la charade venait de finir. Ce fut dans le grand salon une entrée joyeuse au milieu du brouhaha, de l'allégement bavard de gens qui s'étirent et circulent après être restés deux heures assis.

On accueillit de cris et de rires le cliquetis des costumes, ce tapage de couleurs, d'aigrettes, de panaches ; et pendant que l'on prévenait les maîtres de maison, Fagan s'assurait, devant une haute glace en panneau, de la transformation de sa personne, de son incognito certain sous le loup de velours à barbe de dentelle et l'énorme fraise lui montant dans le cou. Non, son ex-femme elle-même ne le reconnaîtrait pas. Dès lors, il fut tout à la joie gamine de son aventure, au plaisir de surprendre ses filles dans cette part de leur vie mondaine, dont l'entrée lui était interdite.

Un par un, le baron en tête, la bande défila devant M. et Mme La Posterolle, puis commença le tour des salons entre deux rangées d'invités.

Lorsque Régis, le dernier, arriva devant cette femme, sienne pendant tant d'années, il eut quelque peine à la reconnaître. Elle était engraissée depuis leur dernière rencontre, les cheveux changés de nuance encore une fois, poudrés à blanc, d'un contraste joli avec les épaules, les bras restés jeunes, et l'expression enfantine du visage dans la bouffissure envahissante. Mais il la retrouva bien elle-même à son sourire toujours fourbe, répondant des yeux à la bouche par un trait si menu, si aigu ; et ce sourire lui donnait un involontaire frisson de peur. Elle lui avait fait tant de mal, elle pouvait tant lui en faire encore ! L'ayant saluée jusqu'à terre sans oser la regarder, il passa vite au mari, cette figure hautaine d'imbécile, cette courge vide et sonore qui l'avait remplacé sur l'oreiller de Mme Ravaut.

« Je connais ces yeux-là... » pensa Mme la préfète pendant que la bande s'éloignait, et se tournant vers La Posterolle : « Qui est-ce ?

— Sais pas... » répondit-il évasivement.

Entre deux haies d'épaules nues, de fleurs, de plumes, d'habits noirs, de galons d'or, d'aiguillettes, Fagan n'entendait que cette interrogation murmurée et courante sur son passage :

« Qui est-ce ?... qui est-ce ?... »

Malgré leur adresse à se travestir, à dissimuler leur voix et leur démarche, on reconnaissait tous les autres ; ils avaient beau nier de la tête en riant, on forçait leur masque d'un nom : « O Tché !... O Pé !... Hé ! Forcioli... Bonsoir, Baron... » Mais, le grand, le dernier, qui se gardait bien de parler, agitant seulement sa marotte à grelots sous le nez des gens, qui diable pouvait-il être ?

Lui ne songeait qu'à ses filles, s'étonnait de ne pas les voir. Où étaient-elles ? Peut-être à changer de costume après la charade. Il se demandait comment les attendre, gêné par cette curiosité environnante, quand tout à coup elles apparurent à l'entrée du second salon, toutes deux, sa Rose et sa Ninette, et combien délicieuses !

Toujours conduit par ce défilé qu'il ne pouvait hâter ni rompre, il jeta en passant aux oreilles de la plus jeune un « Bonsoir, jolie infante... » si doux que la fillette en trembla sous les nœuds de satin de son long corsage et, pressentant la vérité, chercha les yeux de son père, déjà dérobés, en quête de la grande sœur.

Les cheveux dorés et flottants jusqu'à sa jupe d'épais damas, Rose regardait passer les masques, au bras d'un beau garçon très jeune de visage et solennellement chauve, vraie tête de chat-fourré en bas âge ; et voilà que sur sa main haut gantée, elle sent la caresse d'un masque de velours, tandis qu'une voix amie, la voix de quelqu'un qu'elle sait parti, embarqué de la veille, murmure : « Bonne nuit, belle dogaresse ». Tout émue, elle veut répondre un mot ; mais la marotte de Rigoletto, tintant un moment tout près d'elle, puis agitée d'un geste frénétique au-dessus de la foule, a disparu du côté du jardin. Elle veut savoir, cherche partout Ninette et la trouve dans le premier salon, en grande conférence avec Mme La Posterolle, celle-ci très pâle sous son rouge. De son plus mauvais sourire, son sourire en flèche, la préfète dit tout bas, comme parlant aux plumes de son éventail : « Je me vengerai, mes petites... je vous jure qu'il me paiera ça ! »

La musique entame une valse, il se fait un mouvement d'invitations, de mise en place, et les trois femmes, mère et filles, diversement impressionnées, tourbillonnent en cadenc dans le bal.

VIII

Régis de Fagan eut à son retour à Paris la plus cruelle déconvenue, en trouvant closes toutes les persiennes du rez-de-chaussée et le jardin vide. Pauline Hulin était partie, emmenant son monde, sans qu'Anthyme, témoin pourtant de ce départ, pût donner à son maître la moindre indication. Annette, la femme de chambre, lui avait dit : « Nous filons. — Où donc ça ? — Au Havre. » Et pas d'autre renseignement.

Fagan ne pouvait y croire. Le Havre ? Que serait-elle allée faire au Havre, puisque son mari habitait là ? « Mais il est venu, le mari, » objectait ce bon jobard d'Anthyme... « même qu'Annette croyait que c'était pour emmener le petit garçon... puis il s'en est allé tout seul, et Madame deux jours après.

Que supposer ?

Dans son angoisse, Fagan passa tous ces premiers jours sans sortir, avec l'attente d'une lettre ou le vague espoir qu'en ouvrant sa fenêtre, un matin, il apercevrait le petit Maurice dans le jardin, les yeux levés vers la chambre de son ami. Mais non, toujours déserte des jeux de l'enfant, la pelouse lui semblait plus grande chaque fois ; et dans l'allée circulaire, cette allée où sa chère Pauline et lui avaient promené tant de douces causéries sans fin, des pousses vertes pointaient du sable, sentant le départ et l'abandon.

Une fois cependant, à la brusque et prompte façon dont son domestique entra dans la chambre, Régis eut un coup au cœur. Il crut qu'Anthyme lui apportait des nouvelles.

« Non, Monsieur ; mais voilà quelque chose de bien plus drôle... les journaux de ce matin qui racontent que Monsieur est devenu fou. »

Cela dit avec l'accent très spécial de mauvaise humeur dont il parlait à Fagan de ses pièces qui ne réussissaient pas, le domestique ouvrit grands les rideaux des fenêtres et tendit à son maître l'entrefilet reproduit dans les deux feuilles les plus lues de Paris. On y annonçait, en termes presque identiques, qu'à la suite de fièvres paludéennes prises en Corse, le célèbre écrivain dramatique, Régis de Fagan, venait d'être frappé d'aliénation mentale ; c'est dans un bal, à Ajaccio, que les premiers symptômes se seraient déclarés.

« Ah ! la garce... » cria Régis. Il avait reconnu la touche et l'invention de sa femme ; et tout de suite, exaspéré, donnant à Anthyme une série d'ordres contradictoires et d'un ton de brutalité qui ne lui était pas habituel, il surprit dans les yeux effarés du pauvre garçon cette pensée très nette : « Est-ce que vraiment Monsieur serait devenu fou ? » Ce lui fut une prompte leçon, ce regard de domestique, et qui décida de son attitude devant le public. Cédant à sa nature

emportée, il fût allé demander une rectification aux journaux, furieux, la canne haute, de façon à justifier l'abomination imprimée. Il ne fallait pas exagérer non plus le calme, l'indifférence, dont on ne manquerait pas de faire un état comateux.

Aux deux journaux, quand il se présenta, on lui fit de plates excuses ; la nouvelle leur avait été envoyée par câble, d'Ajaccio même. Une rectification paraîtrait dès le lendemain, et, pour peu qu'il le désirât, l'enquête serait facile à faire... Une enquête, à quoi bon ?... Ce serait attacher trop d'importance à une gaminerie, à une mystification. Et dans les bureaux du journal, on répétait ces mots autour de lui, « gaminerie, mystification, » en le scrutant jusqu'au fond des yeux, en auscultant sa parole et ses gestes. Ah ! la gueuse s'y entendait à empoisonner son monde. Contre toute autre calomnie, on pouvait se défendre, produire des preuves, mais celle-là !

Tout le jour, Fagan se montra au boulevard, soulevant une curiosité étonnée qu'il circulât, qu'il fût dehors, au soleil des libres et des vivants. Il avait donc pu s'échapper !... A son cercle, on lui fit un accueil trop cordial, trop empressé, comme à l'ami qu'on n'espérait presque plus revoir. Il dîna, eut de l'esprit, promit une pièce pour la prochaine fête annuelle ; puis, ayant passé sa soirée dans deux ou trois foyers de théâtre, il revint au cercle, à l'heure où de jeunes gommeux, émules du baron Rouchouze, y cherchent leur matérielle, et s'assit jusqu'au matin à une table de jeu, pour bien prouver qu'il n'était pas fou.

Rentré chez lui, il ouvrit sa fenêtre sur le jardin. Le jour venait. En haut du grand bouquet d'ormes à peine visible un merle sifflait dans la brume où la pointe effilée de son bec semblait tracer les arabesques de sa chanson. Fagan songea longtemps, pénétré d'une tristesse, d'une défaillance. Ce Paris, qu'il avait battu tout le jour, comme il s'y était senti seul ! Tant de visages d'hommes et de femmes, et pas un être à lui là dedans ! Etait-ce cet infini découragement, ou le brouillard du matin dont le drap fin de son habit s'imprégnait ? Il grelottait, refermait la fenêtre, souffrant d'un malaise inexplicable qui, loin de l'affaisser dans un besoin de repos et de sommeil, surexcitait son cerveau, lui faisait commencer une longue lettre à sa fille aînée, le seul cœur où il pût s'épancher, se reprendre au goût de la vie.

« Je ne veux pas, ma Rose aimée, te laisser plus d'un jour sur l'horrible nouvelle que les journaux ont dû vous apporter. Non, grâce à Dieu ! ni folie, ni menace de folie ; ton père est tel que tu l'as toujours connu, l'esprit libre et les yeux clairs, une pièce en train, d'autres en rumeur dans sa tête. J'en suis pour un jour et une nuit perdus, passés à me montrer au Paris de toutes les heures et de tous les endroits, à faire la preuve de mon équilibre d'esprit. Les journaux rectifieront ce matin, et demain on n'en parlera plus. L'erreur de ceux qui ont essayé de me noyer dans cette perfidie a été de croire possible, en ce temps-ci, avec une personnalité répandue comme la mienne, l'aventure du malheureux Sandon, cet avocat qu'on a fait passer pour fou, sous le second empire, et qui fut séquestré dix ans. Ah ! si j'avais voulu me venger, faire suivre l'enquête qu'on me proposait, quel piège pour ces méchants et ces imbéciles ! Mais ça prend trop de temps, la haine... J'ai donné toute ma vie au travail, et c'est une grâce, vois-tu. Je suis si seul ; je n'ai même plus ce voisinage qui, jusqu'ici, m'épargnait le navrement de la maison vide. Mme Hulin est partie. enlevant son enfant, sans doute pour échapper aux effets de l'inique loi qui le réclamait, qui voulait le rendre au père. Ce conseiller de Malville est pourtant un honnête homme. Comment l'idée a-t-elle pu lui venir, à lui et à ses assesseurs, lorsqu'ils ont prononcé le jugement de séparation, d'y joindre cette clause épouvantable, qu'à l'âge de dix ans et jusqu'à la fin de ses études, l'enfant serait sous la direction paternelle. Quelle perspective pour la pauvre femme ! penser qu'on pouvait mettre son petit infirme pensionnaire dans quelque lycée lointain, choisir des institutions spéciales, très rigides, à l'abri de la surveillance et des gâteries de la mère... Qui sait même si on ne lui découvrirait pas des instincts de méchanceté et de révolte nécessitant son internement à

Mettray, dans ce bagne qu'on appelle la maison de famille, ou encore son entrée à l'école des mousses, et alors le départ, l'exil... Pauvre Mᵐᵉ Hulin, comme je comprends qu'elle l'ait emporté, son enfant, qu'elle l'ait terré dans quelque trou !

« En attendant, me voilà privé d'une délicate amitié de femme, qui me devenait chaque jour plus précieuse. Jusqu'à Maurice dont l'affectueux babillage m'amusait. Avec sa précocité de petit malade, ses câlineries, sa grâce de fillette, il me rappelait toi à cet âge-là, les jours où, toussant un peu, tu gardais la maison et venais lire auprès de ma table : ta fierté de m'apporter de gros livres trop lourds qui t'entraînaient, de m'aider à travailler en me tendant un crayon, une boîte de plumes. Et Ninette, te souviens-tu, quand, assise sur le tapis, pas plus haute qu'un chou, elle « rangeait la bibliothèque de papa », laissant mes livres tout par travers, les titres en bas, les auteurs confondus, dépareillés, dans un fouillis attendrissant que je faisais respecter par Anthyme... Eh bien, ces niaiseries divines, ces souvenirs gardés dans un coin de mon cœur, la voix de ce petit Maurice en était comme l'écho ; je n'aurais jamais cru qu'il me manquerait à ce point.

« Signe de vieillesse, ma chérie. Eh ! oui, de vieillesse. Je vais sur mes quarante-cinq ans, l'âge où physiquement l'homme ne vit plus de ses rentes, commence à attaquer son capital de jours et de santé. Les forces ne se renouvellent plus ; chaque chagrin creuse sa ride, chaque émotion émousse et détend la force nerveuse. C'est triste, ma mignonne, mais le meilleur de mon existence est fait, mes plus grands succès acquis ; ce ne sera plus maintenant que le déclin des forces et des chances, et derrière moi la talonnade d'une jeunesse férocement pressée et gloutonne. Ah ! l'on est vite passé vieille bête, de nos jours ; et quand on est la vieille bête, n'avoir ni foyer ni famille, c'est dur. A l'heure où je t'écris, tout brisé de ma nuit au cercle, ce jardin au petit jour dans le brouillard, si tu savais que mon *home* me semble triste, et que ce serait bon du sommeil aimé dans la pièce voisine, du sommeil de femme et d'enfant qu'on craindrait de déranger en marchant trop fort. Rien, personne ; pas même au-dessous.

« Tu me diras que je les ai eus, ce foyer, cette famille, et que je n'ai pas su les conserver. Mais à qui la faute ? Jamais je ne me suis plaint, jamais je ne t'ai rien dit contre ta mère, qui n'a pas gardé la même réserve. Il faudra bien pourtant que tu saches comment je me suis sacrifié, et qu'il n'est pas équitable, quoi qu'en ait pensé un juge idéal que je reste seul, toujours seul, lorsque ma femme... Ah ! mon Dieu, je te parle des magistrats sur un ton, ma grande Rose, à toi qui vas en épouser un, et de fort bonne tournure, autant qu'il m'a paru, la nuit du Mardi-Gras, dans vos salons officiels.

« Le père, dont j'ai eu la visite

avant-hier, m'a plu aussi beaucoup ; un gros homme, point trop majestueux pour un président, de l'esprit, les yeux finassiers, une longue barbe blanche qui scandalise fort le Palais, et des opinions démocratiques auxquelles il doit son extraordinaire avancement. Pas le sou, par exemple. Il est heureux que j'aie songé depuis longtemps à la dot de ma grande Rose. Sans entrer dans le menu des affaires, je peux te dire que je t'abandonne les revenus de mes deux plus fructueux succès, *les Jardins enchantés*, à l'Opéra-Comique, et *M. et Mme Dacier*, à la Comédie-Française ; au bas mot vingt mille francs par an. Le père de ton Gaston a semblé satisfait. Je lui ai montré l'album où j'ai ton portrait et celui de ta sœur à différents âges ; il en était ravi, et déjà parle de Ninette pour son cadet qui prépare Saint-Cyr. Sois donc tout à fait heureuse, l'affaire est conclue, à moins qu'on m'apprenne chez Garin de Malville, avec qui j'ai rendez-vous, que M. Rémory père est un échappé de Nouméa, bombardé président pour services exceptionnels. J'aurais dû commencer par me renseigner ; mais ce Malville, le seul magistrat de la Cour de Paris que je connaisse, organise à Lille un grand festival wagnérien dont il ne reviendra que dans quelques jours. Et alors, tout convenu, mes enfants mariés le plus tôt posssible je leur parlerai d'un projet, d'un rêve qui me hante... Au fait, pourquoi ne pas te le dire tout de suite, à condition de garder la chose entre nous, si elle te semble irréalisable ?

« Que penserais-tu d'habiter Versailles tous les trois ? La nomination de Gaston Rémory n'est, paraît-il, qu'une affaire de semaines, le temps de vous marier et de louer, non loin du parc, un délicieux hôtel, deux étages entre cour et jardin. Je m'installe au second, vous au premier, chacun chez soi, cuisine à part, avec faculté de manger ensemble, dans la grande salle du bas. Vois-tu l'heureuse vie pour moi ? Ma fille, là, tout près ; entendre son pas, son rire, racheter tant de mauvais jours passés loin d'elle. Et pour vous ce serait si commode !

« Pas gênant, le pauvre père. On veut l'avoir, toc-toc au plafond ; il se sent de trop, vite il remonte. Et quand bébé viendra, quel agrément, les soirs où vous voudrez sortir ! Qui garde et surveille la maison, l'enfant, les gens ? Grand-père... Et pendant ce temps, loin des gêneurs, des emprunteurs, loin des acteurs en quémande d'un rôle, des directeurs qui hâtent et enfièvrent l'œuvre en train, l'heureux grand-père travaille dans le silence, dans la sécurité, pour gagner la dot de Ninette. Non, je n'aurais jamais eu tant de joie et, connaissant ton cœur de brave fille, je crois que tu serais heureuse par contre-coup. »

A la lettre de son père, courrier par courrier, Rose de Fagan répondait :

« Nous avons été bien ravies, mon cher père, d'apprendre cette méprise des journaux, et que tu n'as jamais été cérébralement malade ; mais laisse ta grande fille te gronder un peu, et conviens avec elle que si ta raison reste intacte, ta conduite n'est pas toujours d'un homme sérieux. Ton apparition à la préfecture la nuit du Mardi-Gras, avec ces jeunes gens, blessait les convenances, avoue-le ; et maman et cousin, que tu mettais dans une situation si gênante, avaient de quoi t'en vouloir. Pardonne-moi de te le dire ; à ton âge, c'est mener ta vie un peu trop comme un vaudeville. Le mot est de Gaston, qui t'aime pourtant de tout son cœur et fait grand cas de ton théâtre. Mais, là, vraiment, t'en aller courir les rues en masque avec ce petit Rouchouze, pénétrer dans une demeure dont tant de motifs t'interdisaient l'approche !... écoute, petit père... Et puis qu'a-t-on dit à M. La Posterolle, que tu allais faire une comédie avec son mariage et ton divorce ? Est-ce croyable ?

« Après cette gronderie bien méritée, venons à des sujets plus riants. J'ai été bien touchée de tes intentions pour ma dot ; avec les émoluments de Gaston, nous serons de vrais seigneurs. Mais quel dommage que ton idée de vie en commun ne soit pas pratique ! Ce serait délicieux, nous aimant comme nous nous aimons, seulement, mille choses auxquelles tu n'as pas songé s'opposent à cette réunion. Mon Dieu, la vie n'est-elle pas agitée de mille privations et contrariances ! Toi toujours au milieu de nous, comment ferait maman pour me voir, sans être à chaque instant

exposée à te rencontrer ? et ces rencontres ne vous seraient pas plus agréables qu'elles ne seraient convenables aux yeux du monde, même des domestiques. Pareillement pour cousin, obligé de s'abstenir de toute visite, à moins de te forcer à remonter chez toi sitôt qu'il paraîtrait ; et sans parler de mes sentiments personnels, Gaston est destiné à voir beaucoup M. La Posterolle. C'est à lui que nous devons l'avancement, le mariage ; quand il va passer conseiller d'Etat, que maman et lui habiteront Paris avec Ninette, nous serons constamment les uns chez les autres. Mon père aimé, ton rêve était un rêve, souffle dessus, n'y pense plus, et console-toi en te disant que tes filles te verront tout de même beaucoup, pas seulement de deux dimanches l'un, comme l'ordonnait la loi.

« Bien entendu, Gaston ne sait rien de ton projet ; il aurait eu trop de peine à dire non, si reconnaissant de toutes tes bontés, et m'ayant chargée de te demander un petit service en surcroît. Il s'agirait de savoir le prix des perles, pour la corbeille. Je voudrais trois rangs fermés par un rubis. Vois, cher père, cherche, informe-toi. Tu trouveras à la fin de cette lettre une liste de plusieurs autres petites commissions ; et je m'excuse à peine, habituée à être gâtée par le meilleur et le plus tendre papa... »

Il lut mal les dernières lignes, confuses sous les larmes qui lui brouillaient les yeux. Pauvre petite, ce n'était pas d'elle, cette lettre sans cœur, aux sentences morales. On la lui avait dictée, on lui avait tenu la main, et derrière Rose, assise à son pupitre de soie bleue, il voyait le sourire traître de Mme La Posterolle, il entendait sa voix sèche commentant et corrigeant...

Nom de Dieu ! oui, une belle pièce à faire avec son histoire... Une pièce où pleureraient tous les pères, peut-être aussi quelques mamans, et qui s'appellerait *le Divorce du père Goriot*.

IX

« Je ne sais pas, Monsieur, je vais voir. »

Fagan ne pouvait s'empêcher d'admirer l'imperturbable aplomb du domestique qui n'osait affirmer que son maître était là, alors que de l'entrée, dans l'écroulement de toutes les notes d'un piano-forte, s'entendait la voix, l'inoubliable voix du conseiller de Malville hurlant, jappant, miaulant, hennissant la dernière partition de son musicien bien-aimé. L'homme revint, et dit, impassible, dans le fracas musical qui faisait grelotter les vitraux de l'antichambre : « Si Monsieur veut se donner la peine... »

Le conseiller Garin de Malville, assis au clavier, tourna vers l'arrivant une longue figure nerveuse, sans âge, comme toutes celles dont la douleur a creusé, travaillé l'empreinte, des yeux déteints, une bouche que Wagner en ce moment ouvrait jusqu'au fond,

tordue et noire, dans un désordre comparable à celui de ce grand cabinet de travail où les partitions de musique et les livres de droit s'effondraient par piles sur tous les meubles, encombrants et poudreux à ne savoir comment circuler.

« Régis, mon ami, écoutez-moi ça... le deuxième acte de Tristan et Iseult... la scène d'amour... *Isolde... Geliebte...* »

Assis sur un tas de livres, Fagan subissait résigné cette douche harmonique, sachant que rien n'empêcherait le maniaque d'aller jusqu'au bout du morceau, interrompu à toutes mesures de cris d'extases, de voluptueuses pâmoisons : « La piqûre, mon cher... la piqûre de morphine qui grise et qui berce... *Endlich... Endlich...* »

Enfin, quand Iseult et Tristan épuisés eurent dénoué leur étreinte, le magistrat mélomane, pivotant sur son tabouret, demanda à Régis des nouvelles de ses travaux, de sa santé : « Pas très bonne, hein ?... Oui, je vois ça... la vie de garçon, la vie d'artiste... Pourquoi n'avoir pas imité votre femme ? elle s'est remariée, elle... la mâtine ! En voilà une qui le tripote, son Wagner... A propos, et vos filles ? parlez-moi donc de vos filles.

— Justement, monsieur le conseiller... »

Sa grande allait se marier, entrer dans une famille de magistrats, les Rémory, et il avait compté que M. de Malville le renseignerait sur l'honorabilité de ces gens-là. Le conseiller fit claquer sa longue lèvre rase :

« Honorable, le Rémory ?... Oui, si vous voulez... mais magistrat nouvelles couches, n'ayant passé par aucune hiérarchie... enfin le seul de nos présidents qui porte la barbe, quand Monsieur le Premier, arrivé dans les mêmes conditions, a fait couper la sienne par respect pour la maison... vous le voyez, maintenant, votre Rémory ; et si le fils ressemble au père... »

Ici un tableau de la Cour de Paris au point de vue des anciennes et nouvelles couches, tellement compendieux et détaillé que Fagan déjà mal en train, un peu fiévreux, se fût brusquement retiré, sans une question qui lui tremblait aux lèvres, vrai *post-scriptum* de sa visite, et qu'il parvint à placer, presque en partant. Il s'agissait d'une certaine affaire... Hulin... oui, c'était bien cela, Hulin... un jugement de séparation que le conseiller se rappelait, peut-être...

« Si je me rappelle !... Hulin, du Havre... un alto de premier ordre, l'homme de France qui connaissait le mieux son Bach... il mordait moins à Wagner ; pourtant il m'avait bien promis de venir cette année à Bayreuth, le pauvre diable...

— Quoi donc ? que lui est-il arrivé ?

— Mais qu'il est mort, tout simplement.

— Mort ! et... et depuis quand ? » bégaya la voix de Fagan tout à coup descendue aux cordes graves.

« Un mois, à peu près ; il m'écrivait le 4 au matin, et se tuait le soir du même jour, dans son lit, avec un revolver d'ordonnance... Ah ! un passionné, un délirant de l'amour, celui-là... » Et ramené à son tic, le conseiller, tordant la bouche, la prunelle renversée, se reprit à miauler :

« Iso...o... olde ! Geli...i...iebte ! » pendant que Régis ébloui, assommé, gagnait la porte en butant contre les partitions et les dictionnaires.

Mort ! Alors tout s'expliquait, le départ de Pauline, et bien réellement pour le Havre, son absence nécessitée par le règlement de la succession... Quelques mois d'un deuil de convenance, et cette adorable femme pourrait devenir la sienne. Plus rien ne s'y opposait. La jalousie de Rose ? un enfantillage dont de bons baisers, un bracelet de plus dans la corbeille auraient facilement raison. Mort ! mort !... était-ce possible que d'un mot si noir pût jaillir une telle joie ? Il délirait, parlait tout haut en sortant de chez le conseiller, descendant la rue des Saints-Pères, vers les quais. Ce n'est donc rien que l'âge, et les dents qui manquent, et les tempes éclaircies ! Vingt ans auparavant, il ne marchait pas avec plus d'allégresse, en quittant sa fiancée, le jour où les parents lui avaient dit : « Elle veut bien, et nous aussi. » Le ciel ne lui paraissait pas plus beau alors qu'en cette fin de journée d'avril, rose et grise, aux trottoirs mouillés, aux premiers chants d'oiseaux, aux premières cendres vertes sur les arbres des Tuileries.

En tout son être aussi montait la poussée printanière, mais brusque, avec des coups au cœur, une oppression dont il cherchait la cause depuis quelques jours et qui venait sans doute de l'air plus tiède, du renouveau plus proche, surtout de l'inespéré bonheur maintenant en perspective. Déjà, il voyait les larges yeux bleus se noyer de tendresse pour un aveu, et la robe qu'elle aurait ce soir-là ; il prenait le thé dans le petit salon avec le sentiment intime et rassuré qu'il était chez lui, qu'il ne s'en irait plus. Et de ces jolis rêves qu'il faisait en marchant, tant de joie se reflétait sur sa figure qu'à deux ou trois reprises il crut s'apercevoir qu'on le remarquait, que son sourire au passage en éveillait d'autres.

Arrêté à une vitrine, rue de la Paix, moins pour regarder les bijoux que pour songer à son aise, un « Pardon, cher maître, » à deux voix, l'une robuste, l'autre féminine, le fit se retourner vivement. Il avait devant lui un ménage de comédiens, les Couverchel, mariés depuis vingt ans, légendaires sur le boulevard par leur tendresse et leur admiration réciproques. La femme, engagée au Vaudeville, venait d'être malade deux ans, oubliée, remplacée à son théâtre ; et la façon dont le mari quêtait un rôle pour elle à de Fagan, parlait de sa beauté, de son génie, les regards d'adoration, d'illusion, qu'il coulait vers ce pauvre visage meurtri, stigmatisé dont les yeux lui disaient si doucement merci avec le double orgueil re-

connaissant de la femme et de l'artiste, il ne se pouvait rien voir de plus touchant.

Le rôle accordé, un autre promis au mari, Fagan les regardait s'en aller d'un même pas joyeux, non comme un couple chic, séparés, les bras ballants, mais bras dessus, bras dessous, bien crochés, bien serrés l'un contre l'autre ; on sentait que la mort seule pourrait les découpler. Et c'était des comédiens, de ces âmes futiles et vaniteuses, dont tant de fois il avait raillé la sottise et l'enfantillage ; oui, chez d'humbles cabots, c'est là qu'il trouvait le mariage rêvé, idéal. Ah ! si Pauline voulait, que de belles années à vivre ainsi, tous deux, unis en dépit de la vie et du monde...

« Monsieur n'est pas malade ? » Ce fut le premier mot d'Anthyme devant l'étrange physionomie de son maître, rentrant le soir au lointain logis. Non, non, pas du tout malade. Seulement, toujours cette ardeur fébrile, cette chaude et surabondante expansion de vie gonflant sa poitrine trop étroite. Et voilà qu'en allant se mettre à table, il voit la nappe, les assiettes tournoyer dans leur blancheur ; ses oreilles tintent, il suffoque, veut s'approcher de la fenêtre pour l'ouvrir, et le bruit sourd d'une chute appelle Anthyme qui trouve son maître à terre, comme foudroyé.

Régis se réveilla dans son lit, par un après-midi limpide et blond, sans pouvoir apprécier depuis combien de temps il subissait l'anéantissement dont il sortait à peine, anéantissement traversé de fièvre, de visions délirantes, d'horribles cauchemars, rouges d'incendie et de sang versé, où décolorés en des noyades, à même l'eau glauque, tiède ou glacée selon la brûlure de ses membres. Deux images nettes dans la confusion de ses idées ; ses filles tour à tour affectueuses et jolies, puis le visage dur, les yeux secs, le regardant souffrir et mourir, sans une petite main tendue, sans une goutte d'eau à sa soif. Enfin, il revenait au monde réel, clignotant un peu devant la longue barre de soleil qui dorait en écharpe le tapis clair de sa chambre au calme rangement, à la fenêtre entr'ouverte sous les rideaux tombés et laissant voir derrière leur ramage des vols d'oiseaux, des mouvements de hautes branches.

Tout près de la fenêtre une femme assise, en noir sévère, penchée vers le jour, les yeux sur son ouvrage. De son lit Fagan ne voit qu'une nuque blanche inclinée, une torsade à reflets fauves, mais il a reconnu Pauline Hulin et Maurice lisant sur un tabouret à ses pieds. Après tant de visions agitantes et sinistres, celle-ci lui cause un tel enchantement, qu'il craint de la voir s'effacer, s'évanouir comme les autres dans le vague de la fièvre. Il ferme les yeux, les rouvre et retrouve le même tableau, poudré d'un rayon filtrant sous les rideaux ; seulement, cette fois, Maurice a levé la tête et leurs regards se croisant, se souriant, tout seul, sans béquille,

l'enfant s'élance dans les bras de s[on] ami.

Pauline s'approche aussi, les mai[ns] ouvertes, et dans le rapide exam[en] que fait Régis, il la revoit un peu p[â]lie, les contours du visage aminc[is] en leur cadre de deuil, avec une e[x]pression nouvelle de tristesse sur [la] bonté, la loyauté des traits. Affaibl[i] il pleure, baise ses doigts : « Mo[n] amie... mon amie... » puis l'attiran[t] la voix baissée à cause de l'enfant tou[t] près d'eux : « Et libre... libre enfin ! [»]

Mais elle, se dégageant : « Oh [!] non, Régis, pas ça... ne parlons ja[-] mais de ça. »

Il est vrai que le drame tout réce[nt] motivait une pudeur, une réserv[e] compréhensibles ; et parlant tout d[e] suite d'autre chose, il voulait savoi[r] depuis quand son retour... Une se[-] maine, vraiment ?... toute une se[-] maine près de lui, sans qu'il l'ait re[-] connue, pressentie dans le délire !.[..] Le soir de son arrivée, elle avai[t] trouvé le pauvre Anthyme éperdu, [à] la recherche d'une garde ; et alors[,] se souvenant des heures passées pa[r] Régis auprès de son enfant, elle s'é[-] tait elle-même installée sœur de cha[-] rité de l'écrivain, jusqu'à ce que Mlles de Fagan, prévenues, vinssent l[a] remplacer.

« Ah ! oui, mes filles... Où sont[-] elles donc, mes filles ? » Il s'animait[,] les joues brûlantes. Mme Hulin essaya[it] de le calmer... Anthyme avait envoyé une dépêche, dès les premiers jours[.] Mais c'était loin, la Corse ; peut-être[,] la mer trop mauvaise... personn[e]

our les accompagner... Puis qui
ait ? parmi les lettres arrivées pen-
ant sa maladie, il se trouvait sans
oute une réponse de ses filles.

Et le courrier éparpillé sur le lit,
deux petits billets au timbre de
Corse, signés Ninette, furent lus tout
haut par Mme Hulin au père impatient
et trop faible pour les déchiffrer lui-
même. Navrée, cette pauvre Nina,
navrée dans sa première lettre de la
subite maladie de son père, aussi du
départ de l'escadre, mais gardant l'espoir que son père serait vite guéri et
que l'escadre ne tarderait pas à revenir. Rose était à Bastia avec cousin pour faire ses adieux au jeune
Rémory prêt à passer sur le conti-
nent. La seconde lettre annonçait
comme prochaine l'arrivée à Paris
de Rose et de Ninette accompagnées
de M. et de Mme La Posterolle ; aussitôt, ces demoiselles accourraient voir
leur cher petit père. Suivaient des recommandations hygiéniques, des conseils pour le frais du soir, la brume
du jardin, l'emploi d'une certaine fla-
nelle de mouflon avec l'adresse du
fabricant.

« C'est très gentil, » murmura de
Fagan qui écoutait en caressant la
blonde tête soyeuse du petit Maurice,
« très gentil, mais j'aurais eu le temps
de mourir plusieurs fois sans les
voir. » Mme Hulin n'insista pas, de
peur d'accroître une peine qu'elle
sentait profonde et, le laissant seul
avec l'enfant, elle passa dans la pièce
à côté, où des gestes énergiques d'Anthyme l'appelaient depuis un moment.

Mademoiselle était là, une longue
fille sèche, à lunettes, qui demandait
des nouvelles de M. de Fagan.

« De la part ?... » interrogea
Mme Hulin. L'anglaise répondit avec
arrogance : « De la part de ses filles.

— Elles sont donc à Paris ?

— Probable... »

Pauline baissa la voix, craignant
que le père entendît :

« M. de Fagan va mieux, mais s'il
apprenait par d'autres que par elles
que ses filles sont à Paris, il y aurait
de quoi le tuer. Vous pouvez le dire
à ces demoiselles. »

La gouvernante toisa Pauline Hulin
qui lui répondit d'un clair regard, et
faisant demi-tour sur ses souliers car-
rés, elle se retira sans un mot, sans
un salut.

. . . .

Depuis trois jours, les La Posterolle étaient installés dans un *Family*
du Cours-la-Reine, en attendant le
mariage de leur fille et la nomination
du chef de famille au Conseil d'Etat.
La première pensée de Rose, sitôt dé-
barquée, fut pour son père ; elle eût
couru vers lui tout de suite avec Ninette, sans les objections de la mère
que cet empressement rendait jalouse... La maladie pouvait être con-
tagieuse, surtout pour des personnes
arrivées de loin, du bon air. Il faudrait voir, s'informer. « Mais nous
sommes informées, maman... ça ne
se gagne pas, une congestion pul-
monaire. » Alors, Mme La Posterolle,
pinçant majestueusement les lèvres,
fit allusion à une certaine personne

que ses filles seraient exposées à rencontrer chez M. de Fagan, au mépris
de toutes les convenances. Rose protesta :

« Mme Hulin ?... Oh ! c'est fini depuis longtemps... Je crois même
qu'elle n'est plus à Paris. » Pour s'en
assurer, la mère envoya Mademoiselle boulevard Beauséjour ; elle en
revint si satisfaite que, de loin, sur le
Cours-la-Reine, elle faisait des signes
avec son ombrelle à ces dames qui
l'attendaient au balcon du *Family*.

« Mme Hulin m'a reçue elle-même, »
dit-elle en triomphant. Et la mère :
« Je savais bien que ce n'était pas
fini. » La jeune fille, touchée au cœur,
répondit d'un ton d'indifférence :
« Puisqu'il a cette dame pour le soigner, il n'a pas besoin de nous.

— D'autant qu'il va beaucoup
mieux, » ajouta Mademoiselle.

Inquiète, Ninette demanda à sa
sœur :

« Nous n'irons donc pas le voir ?

— Toi, si tu veux... moi, non.

— Tu as tort... » fit la petite qui
pensait à une foule d'intérêts dont la
sœur aînée n'avait pas le moindre
souci ; mais elle ne parvint pas à
changer sa résolution.

Des jours s'écoulèrent. Régis ne se
levait pas encore ; pourtant sa con-
valescence s'aidait de la douceur du
printemps, de la force des premières
sèves. Il commençait à recevoir quelques visites, assis sur son lit ; mais le
docteur lui défendant de parler, il
passait de longues journées en parties
de dominos avec Maurice, ou bien à

écouter de belles lectures que lui
sait Pauline Hulin, dans le demi-jo
de la chambre fraîche et repos
lectures souvent accompagnées
rythmées du voluptueux rauqueme
de quelque ramier piétant sur le zi
de la fenêtre. Parfois, interrompa
la partie ou la page commencée,
malade songeait tout haut, les sourci
froncés : « Enfin, qu'y a-t-il donc ?.
Pourquoi ne m'écrivent-elles plus ?
Le souvenir de ses filles le torturait
mais quelques mots de son amie, d
vagues explications qu'elle jetait u
peu au hasard, dissipaient vite se
inquiétudes, moins par les prétexte
qu'elle inventait que par la caresse d
sa voix et de ses yeux au charme cor
respondant.

Depuis qu'ils se connaissaient, jamais il n'avait été à ce point séduit
envoûté, quoique Pauline ne fît rien
pour cela, au contraire dégageant se
mains dès qu'il voulait les prendre,
évitant leurs anciennes conversation
sur la passion et le mariage, surtou
la moindre allusion aux derniers évé-
nements, la mort d'Hulin, son voyage,
toutes choses dont Régis s'inquiétait
sans oser savoir.

Un jour cependant qu'ils étaient
seuls, elle en train de broder près de
la fenêtre ouverte, penchée à chaque
instant sur le jardin que la joie de
l'enfant remplissait de galopades et
de cris, Fagan de son lit soupira :
« Ah ! ce jardin... quand je suis revenu de Corse, quelle émotion de le
retrouver désert ! » Et comme elle ne
répondait pas... « Pourquoi ne m'a-

ir pas prévenu, d'une ligne, d'un
t ?

— J'étais partie si bouleversée... »
M Hulin parlait devant elle, sans
tourner les yeux... « Cette dépêche
e mon beau-père m'avait tellement
aisie : « Hulin va mourir, venez
te. » D'abord, je ne pouvais y
roire, je pensais à quelque piège...
Aussi, pendant que j'allais seule au
Havre, Annette emmenait l'enfant
hez elle, au fond des Vosges. Pour-
ant la dépêche n'avait pas menti, il
tait mort quand j'arrivai. »

Jamais encore elle n'en avait tant
dit. Mais ce qu'il tenait surtout à apprendre, pourquoi son mari était revenu chez elle après l'horrible scène,
voilà ce dont elle ne soufflait mot ; et
lui, traversé de soupçons, d'idées
bizarres, se contentait de demander,
embarrassé de sa question : « Pourquoi s'est-il tué, savez-vous ? »

Elle, avec effort : « Non... Je ne
sais pas... Peut-être las de cette vie
de haine, de l'impasse où nous nous
trouvions enfermés. Ah ! le malheureux... »

Fagan murmura, les lèvres amin-
cies : « Comme vous en parlez avec
pitié !... est-ce donc que vous l'aimiez
encore ? »

Pauline, toujours sans le regarder : « Croyez-vous qu'il serait mort,
si je l'avais encore aimé ?... Non,
non... mais le voir là, sur ce lit, la
bouche toute noire de poudre, lorsque deux jours avant... »

— Deux jours avant ?... »

Sans finir sa phrase, elle s'était
levée, penchée une minute vers les
jeux du petit.

« Et le père, le pauvre père, » dit-
elle en se rasseyant, « si vous l'aviez
vu devant ce lit de mort, devant ce qui
avait été son fils, vous vous seriez
apitoyé autant que moi... Ces quelques jours au Havre, je les ai passés
auprès de lui, sans le quitter, sans
prendre même le temps d'une lettre.
D'ailleurs, je ne vous savais pas de
retour ; et puis... »

Elle regarda dehors encore une
fois : « Tiens, je ne vois plus. Maurice... »

Un timbre sonna dans l'escalier,
annonçant une visite pour Fagan.
Mme Hulin, en pareil cas, passait
dans une autre pièce, pour éviter tout
commentaire sur la familiarité de sa
présence ; elle se préparait à dispa-
raître, ramassant à la hâte les men-
objets de sa corbeille, mais il lui fit
signe « Non, restez... » La conversation l'intéressait trop, il voulait aller
jusqu'au bout.

Une porte qui bat, des pas légers
qui se précipitent, et dans la chambre
ouverte violemment Maurice annonce
d'un cri de triomphe : « Les voilà...
voilà Rose et Ninette. » Il les a vues,
par le vitrage, sonner à la porte d'entrée ; et tout heureux, autant pour son
propre compte que de la joie qu'il
apporte à Régis, l'enfant bat des
mains, jette un baiser à sa mère, et
s'élance au-devant de Ninette qui paraît la première, la tête haute, la

voilette au menton, écartant le petit d'un geste indifférent et distrait.

« C'est nous, père. »

Elle s'est arrêtée au milieu de la pièce, dévisageant Mme Hulin comme si elle ne s'attendait pas à la trouver là.

« Mes filles !... mes filles !... » crie Fagan, bouleversé, les bras ouverts. Mais Rose, qui vient d'entrer, reste immobile, en arrêt comme sa sœur devant la même apparition. Il s'émeut :

« Eh bien, mes enfants ? Qu'y a-t-il ?

— Il y a, mon père, » c'est la grande Rose qui parle, une main sur l'épaule de la petite sœur, l'autre tendue d'un geste de mélodrame, vibrant et convenu comme le tremolo de sa voix, « il y a que nous ne resterons pas une minute de plus ici, Ninette et moi, si tu n'ordonnes pas à cette femme de sortir. »

Prenant son petit garçon déjà réfugié dans ses jupes, Pauline Hulin allait l'emmener, mais Fagan la retint vivement par le bras, et dressé sur son lit : « Sortir, vous, la dévouée, l'infatigable, vous qui m'avez soigné, sauvé, quand j'étais abandonné de tous !... C'est elles qui s'en iront plutôt, les mauvaises filles, elles qui m'auraient laissé mourir, sans un mot, sans un regard... » Pauline essaya de l'interrompre... « Oui, je sais, vous les défendez toujours... l'âge, la faiblesse, les conseils de ces gueuses là-bas... Je l'ai cru longtemps, mais c'est fini... de méchantes filles, je vous dis, des filles sans pitié. Ah ! ce qu'elles m'ont fait... Le tas de coups de couteau que j'ai reçus d'elles, en plein cœur !... » -

Puis, brusquement redevenu tendre, l'expression de ses yeux, de sa voix transformée : « Rosé, ma grande, je t'en prie, demande pardon à l'honnête femme que tu viens d'outrager si injustement... fais cela, ma Rose... »

Mme Hulin protesta dignement, fièrement. Mais lui : « Si, si, il faut, je veux... ce sont mes enfants, elles doivent m'obéir. Tu entends, Rose... Ninette, je t'ordonne... »

L'hésitation de l'aînée se devinait à l'oscillation de son long corps frêle ; mais la jalousie l'emporta :

« Non, pas cela... Jamais.

— Et toi, Ninette, ma chérie ?...

— Oh ! moi, comme ma sœur. »

Alors, il éclata : « Allez-vous-en, méchantes, ingrates... Allez-vous-en, vilaines filles... Que je ne vous revoie plus jamais... Je suis divorcé d'avec ma femme, je le serai aussi d'avec mes enfants. Dites-le bien à votre mère... jamais plus... vous entendez... jamais plus... »

Sa figure se ravinait de grandes rides, sa parole devenait rauque, et retombant épuisé sur l'oreiller, la main de Pauline toujours dans les siennes, il râla encore deux ou trois « Jamais plus, » pendant que Rose sortait en sanglotant, suivie de Ninette, les yeux secs, la mine révoltée.

X

Avenue de l'Observatoire, tout au fond, sous les marronniers en dôme d'épaisses verdures, un après-midi de juin, Mme La Posterolle battait d'un talon nerveux l'asphalte espacé de bancs où traînaient des loques désœuvrées, des songeries patibulaires. En mauve toute, depuis les bas jusqu'à l'ombrelle, et sur ce mauve le blanc poudré de sa perruque, d'ailleurs, la dame paraissait peu sensible au flatteur étonnement du rapin ou de l'étudiant qui, avant d'entrer chez le maître d'armes voisin, se retournait pour voir cette vieille personne aux yeux d'une jeunesse si provocante, à la démarche autoritaire et solide d'un commandant de bord sur sa passerelle. A chaque instant, elle regardait l'heure à la montre microscopique épanouie dans le cuir de son bracelet, et rageuse, mâchonnait : « Cinq heures... cinq heures dix... cinq heures vingt... » se demandant combien elle allait encore attendre, quand Fagan se montra au bout de l'avenue, du pas lent et vacillant des premières sorties.

Comme il refusait obstinément de voir ses filles depuis l'éclat de leur visite, son ex-épouse avait obtenu de lui ce rendez-vous pour régler certains détails du mariage de Rose ; et Pauline Hulin, toujours bonne et raisonnable, cherchant à le rapprocher de ses enfants, s'était décidée à l'accompagner jusqu'au Luxembourg où Maurice et elle l'attendaient.

Du plus loin que Mme La Posterolle l'aperçut, maigri et pâle, sa fine moustache blonde presque toute blanchie, elle accourut au-devant de lui, soulignant d'un petit rire la cruauté de sa pensée : « Vanné, mon ancien mari, » et tout de même l'abordant avec des mines d'intérêt, ses chatteries doucereuses et frôleuses. Lui, songeant à ses abominables trahisons, jusqu'à la dernière, la plus cruelle, la brisure avec ses filles, il se sentait du mépris, de la colère, et aussi — parce qu'il était faible — de la crainte, comme en face du mauvais génie de son existence, quelque maléficieux kobold niché dans le fond de cette sombre allée d'arbres.

« Bien cela, d'être venu... » commença-t-elle, marchant près de lui, son pas mesuré sur le sien. Ne pouvant aller chez Fagan par convenance, ni Fagan chez elle, elle avait songé à leur vieille avenue pour régler des intérêts communs...

Il l'interrompit vivement : « Pourquoi ne pas vous adresser à mon notaire ? Tout est entendu avec lui.

— Et j'ai bien reconnu là le gentilhomme que vous êtes... » Mais ce n'était pas seulement d'argent qu'il s'agissait, surtout de savoir comment ordonner le repas, le défilé, et où se signerait le contrat... Chez lui ? chez elle ? mêmes inconvénients des deux côtés. C'est pourquoi elle avait pensé aux Rémory, les parents du jeune homme... Cela lui convenait ? bon... Autre chose, maintenant. Le mariage — bien entendu un mariage religieux

— aurait lieu à la Madeleine. Rose, par-dessus tout, désirait entrer à l'église au bras de son père.

« Elle sait ce qu'elle doit faire pour cela... » dit Fagan subitement en arrêt, le geste dictant et commandant. Les yeux de la dame clignèrent :

« Une petite lettre d'excuse à Mᵐᵉ Hulin, je suppose ?

— Absolument.

— Oh ! elle se décidera volontiers. On y tient tant à ce bras de père célèbre... » Ceci bien appuyé pour faire entendre que c'était une question de vanité et non d'affection. Elle ajouta en souriant : « Moins favorisée que ma fille, je donnerai le bras au président Rémory.

— Ainsi nous serons là tous les deux ? » demanda Fagan stupéfait.

« Dame ! puisque nous marions notre enfant... »

Ils marchèrent un instant sans parler, puis, il murmura :

« Bizarre, tout de même... Et votre mari, et La Posterolle ? » Son intonation restait ironique.

« Justement. La Posterolle... Je voulais vous en parler... bien difficile de l'exclure... mon mari... le beau-père de Rose... et puis c'est lui qui a fait le mariage... Avant d'entrer dans la magistrature, Gaston Rémory était attaché à son cabinet... ne trouvez-vous pas qu'il doit figurer dans le cortège ?

— Je n'y vois aucun inconvénient... » Et plongé tout à coup dans des réflexions infinies, Fagan la laissa ramager à côté de lui, agiter ses bra-

celets, son ombrelle, en célébrant [la] famille Rémory, le président, la p[ré]sidente et ce délicieux saint-cyri[en] rôdant autour de Ninette : « Enco[re] un mariage qui chauffe, mon ch[er] ami ; une occasion de nouveaux re[n]dez-vous sous nos grands arbres... [je] les aime, moi, ces grands arbres[...] et vous ? »

Il ne répondit pas, rêvant aux ch[o]ses qu'elle évoquait, une successio[n] sans fin de ces lugubres rencontre[s] et tout au bout de ces larges allé[es] son ancienne femme, chaque fo[is] vieillie et transformée, de plus e[n] plus chevrotante et méchante. Elle [le] réveilla par cette demande à l'impro[o]viste :

« Et vous, mon petit Fagan, quan[d] comptez-vous vous marier ? Plus rie[n] ne s'y oppose, j'imagine, à présen[t] que M. Hulin est mort. »

Il tressaillit, la scruta jusqu'a[u] fond :

« Ah ! vous savez donc ?

— Bien des choses que vous igno[o]rez, je parie. »

Au frisson de sa bouche, à son re[e]gard en coin, il comprit qu'elle alla[it] lui faire du mal, beaucoup de ma[l]. Mais une curiosité mauvaise l'exci[i]tait.

« Quoi, voyons... Qu'est-ce que j'ignore ?

— Mais, par exemple, pourquoi l[e] mari de cette belle Pauline s'est tué[...] Je suis sûre que vous ne vous en dou[u]tez pas... Eh bien, il s'est tué — c[e] sont ses expressions mêmes dans un[e] lettre d'adieu à un ami — parce qu'i[l] ne pouvait survivre à un bonheur sans lendemain... Avez-vous compris ?... Non, n'est-ce pas ? »

Si bien compris ou cru comprendre, le malheureux Fagan, que pris d'une subite faiblesse, il s'assit sur le prochain banc.

« C'est tout naturel... une première sortie... on a les jambes un peu molles... » faisait Mme La Posterolle empressée ; puis répondant au geste de Fagan qui lui montrait une place à son côté : « Non, merci, je préfère... » dit la Parisienne, d'une petite moue dégoûtée, et debout, s'équilibrant à son élégante ombrelle, avec un balancement de tout le corps, elle continua : « Alors, voici... le moment approchait, comme vous savez, où l'enfant devait passer de par la loi dans les pattes brutales du mari, au grand désespoir de la mère. Subitement, Hulin, plus que jamais épris, se présente chez sa femme, ceci pendant votre voyage en Corse, et... je vous répète à peu près ses paroles : Si vous consentez à ce que je désire, ma chère, je m'embarque, vous n'entendez plus parler de moi ; en outre, je renonce par un acte laissé entre vos mains à tous mes droits légaux sur notre enfant. »

Fagan bondit : « Mais c'est absurde... un acte pareil est sans valeur. Pas un tribunal au monde...

— Je sais, je sais... mais Mme Hulin ne savait pas, ni son mari non plus, probablement. Je tiens du conseiller de Malville... Bon ! voilà que je livre mon auteur ; après tout, l'his-toire n'en aura que plus d'authenticité... Malville donc me disait que ces sortes d'engagements, ces conventions à l'amiable se passent entre gens du monde aussi fréquemment qu'entre paysans, et qu'en définitive, dans ce pays où personne n'est censé ignorer la loi, bien peu en connaissent le premier mot. Pour en revenir à nos Hulin, la malheureuse, s'épouvantant à l'idée de n'avoir plus son fils, consentit à ce que cet homme lui demandait, ses droits de mari pour une nuit, et sacrifia la femme à la mère. C'est dur, mais avouez que les détails de cette nuit seraient intéressants pour des casuistes. Horreur de son mari, sans aucun doute. Seulement, ce n'était plus son mari... séparés de corps et de biens... elle-même vivait comme une veuve depuis quatre ou cinq ans... de plus, elle arrivait à l'âge où la femme de nos pays comprend l'amour et ne fait pas que le subir... »

Oh ! l'empoisonneuse, avec quel art son venin se distillait ; et comme elle en suivait les effets incisifs sur ce visage creusé, pâli, qui à tout autre eût inspiré de la pitié.

« Aussi, voyez, sa nuit lui a semblé si belle à ce mari en bonne fortune que, retourné au Havre, il n'a pas eu le courage de s'embarquer, préférant mourir que survivre à cette joie sans lendemain, ainsi que le dit sa lettre à Malville. »

Fagan s'était dressé, grondant entre ses dents serrées :

« C'est égal, pour un dépositaire.

de suprêmes confidences, je le re-
tiens, votre Malville.

— Ça oui, » dit-elle avec son mauvais rire... « On n'a qu'à lui jouer du
Wagner, il se livre du haut en bas. »

Quelques pas en silence, l'un contre
l'autre ; enfin, le voyant songeur :
« Allons, il faut se séparer. » Elle lui
prit la main : « Les petites sont là,
tout près, vous ne voulez pas les
voir ? »

Il hésita, et d'un ton de colère :

« Non... un autre jour.

— Parfait... A bientôt, mon petit
Fagan. »

Elle le quitta dans l'encombrement
du carrefour, gagna légère et joyeuse
le coin du boulevard de Port-Royal
où l'attendait un grand landau découvert, fleuri d'ombrelles éclatantes.

« Toute seule ? » questionna Rose,
désappointée de ne pas voir son père.

« N'importe ! tout est convenu... »
répondit Mme La Posterolle du bout
des lèvres. Elle prenait la large main
en battoir que lui tendait Mademoiselle pour remonter : « Ah ! le brave
garçon, il n'a pas de rancune... il
signe au contrat, il vient à la noce...

— Et ma dot, » dit Ninette, « a-t-on
parlé de ma dot ?

— Entendu... Mais ce qui vaut
mieux que tout, je lui ai rendu, je
crois bien, son mariage impossible
avec Mme Hulin. »

La petite eut un rire clair sous sa
voilette : « Oh ! alors, si la concur-
rence est par terre... » Et pendant que
le landau s'ébranlait, Rose, sans prétexte à présent pour sa jalousie, mur-

murait, abandonnant sa longue t[…]

« Ce pauvre papa !... »

Lui, pendant ce temps, par[…]
squares fleuris et verts où le cou[…]
promenait comme un grand o[…]
de lumière blonde, allait retr[…]
Mme Hulin et son enfant au Lu[…]
bourg. En marchant, les yeux ve[…]
haute grille du jardin allongean[…]
barreaux en longues ombres viol[…]
indéfiniment, il songeait à l'ami[…]
l'attendait derrière cette barriè[…]
largement tendue, mais illusoire[…]
peu l'image des obstacles de leur[…]
tinée à tous deux. Il s'expliquait m[…]
tenant par quels scrupules cette c[…]
mante et délicate Pauline, qui pa[…]
sait l'aimer alors qu'elle n'était[…]
libre, se refusait brusquement une[…]
veuve et maîtresse de sa vol[…]
Scrupules exagérés, sans doute, […]
saurait dissiper avec le temps et[…]
siduité de son amour.

Là-dessus, il se hâtait, en ra[…]
nant, aspirait de tous ses sens su[…]
de convalescent cette journée ti[…]
les parfums variés des parterres[…]
fraîchis de légers panaches d'[…]
sage qui retombaient avec des b[…]
de source. Mais deux pas plus[…]
des phrases de Mme La Posteroll[…]
revenaient. Le poison opérait, pa[…]
d'une veine à l'autre... Une nuit, t[…]
une nuit aux bras de cet homme[…]
rement ç'avait dû être un sacr[…]
puisqu'elle l'aimait, lui, Fagan.[…]
l'aimait, c'était visible. En se[…]
nant à un autre, elle mentait don[…]
toute son âme, de toute sa perso[…]
et cela volontairement, pui[…]

l'homme n'avait plus aucun droit sur elle, que de fait, depuis des années, il n'était plus son mari...

Plus son mari !... rien qu'avec ces trois mots, que cette gueuse là-bas venait de lui injecter sous l'épiderme, comme elle avait trouvé moyen de le faire souffrir !... Plus son mari, c'est-à-dire plus celui qui lui répugnait, qui révoltait en elle cœur et chair. Du nouveau, de l'inconnu dans ce lit d'austère veuvage, et, selon la judicieuse remarque de Mme La Posterolle, juste à l'âge où la femme de nos contrées...

Oh ! les grands yeux bleus pâmés sous les caresses d'un autre, les blanches épaules d'un grain si pur frissonnantes et comme moirées par le désir, — malgré lui, il se représentait cela, il se le représenterait toujours. Et son amie le savait bien ; elle savait que s'ils se mariaient, cette hantise douloureuse les poursuivrait tous deux, gênerait, souillerait leur bonheur. Oui, c'est Pauline qui avait raison, et maintenant il partageait tous ses scrupules.

Pourtant, il hésitait encore à s'en expliquer avec elle... Car enfin ce sentiment pouvait se modifier dans leurs deux âmes, s'atténuer au courant des jours, au contact assidu de leur tendresse ; qui sait même si, par une belle journée de renouveau comme celle-ci, la passion victorieuse n'emporterait pas tout, n'effacerait pas tout, d'un grand élan de flamme saine et réparatrice !...

Il arrivait à la porte du Luxem-bourg, où l'avait amené lentement sa discutante et cruelle songerie. Avant d'entrer, il se retourna, et le poing tendu vers les allées de l'avenue, dont la sombre verdure laissait vaguement deviner les sveltes et voluptueuses figures de Carpeaux tenant le monde à bras levé et résumant à elles quatre toute l'embûche féminine de la terre : « Vermine, va !... » gronda le pauvre Fagan, « tu t'y entends à faire saigner la chair de l'homme... »

Une petite main de garçonnet glissée dans la sienne l'entraîna vers le jardin, comme si son amie, du banc très lointain où elle était assise, avait deviné ce qu'il souffrait et lui envoyait Maurice pour l'arracher à la cruauté de ses réflexions.

« Dieu ! que vous êtes pâle, » lui dit Mme Hulin, quand il arriva près d'elle : et tout en s'informant s'il n'avait pas eu froid, sa voix trahissait une inquiétude inexprimée, cette peur instinctive de la femme devant un danger qu'on lui cache et qu'elle devine. Qu'était-ce ? Que venait-il d'apprendre qui lui torturait les traits à ce point ?

— Si vous vous asseyiez un moment... peut-être n'est-ce qu'un peu de fatigue.

— Marchons, au contraire. J'ai besoin de sentir votre bras sous le mien. »

Il s'aperçut qu'elle tremblait, aussi mal à l'aise et troublée que lui. Fallait-il, malgré sa résolution de tout à l'heure, s'expliquer franchement et tout de suite, délier cette incertitude qui leur étreignait le cœur ?... L'enfant courant devant eux, ils avaient suivi machinalement la terrasse de gauche ; celle de droite, à cette heure, débordant de promeneurs jusque sur les balustres, à cause de la musique dont les accords leur arrivaient, brisés, entrecoupés, à travers les feuilles, avec les cris aigus des enfants, des hirondelles, cette vie frénétique et tourbillonnante des petits qui s'exaspère à mesure que la lumière s'en va. Et la promenade lui semblait si douce dans l'accalmie de cette fin de jour, la femme à côté de lui si fraîche sous son deuil, le teint limpide comme celui de son enfant, que Fagan n'eut pas le courage de troubler ces harmonies reposantes et se contenta de raconter l'entrevue, ce qui regardait du moins le mariage de sa fille.

« Ah ! mon amie, comme vous aviez raison !... Quel méli-mélo que le divorce, et les bizarres combinaisons qu'il amène !... Rose se mariera dans quelques jours et son mariage est tout ce qu'il y a de plus régulier, mais ses parents étant divorcés, voici l'étrange spectacle que la noce présentera... »

Il s'amusait à détailler le cortège : lui en tête, le père menant la mariée... Derrière eux Mme La Posterolle, la maman, mais ne portant plus le même nom que sa fille... enfin La Posterolle, l'homme de toutes les convenances. figurant aussi dans le défilé et s'y trouvant très bien à sa place.

« Vous représentez-vous ça montant l'interminable escalier de la Ma-

deleine, l'entrée de ça par le portail, et toutes les flammes des ges, toutes les ondes de l'orgue accueillir cette cacophonie... A Paris savait rire encore... »

Lui, Fagan, ne riait pas, dans son amour paternel, ses filles finitivement perdues. Et comme line essayait de protester une fo plus en leur faveur, Régis eut un rire rapide et grimaçant, de sionné jusqu'aux larmes :

« Non, mon amie, vous vous pez, mes enfants ne sont plus à cette méchante femme les a ac rées. Mon avocat me l'avait bien dit. Ça été un travail de fourm taret, lentement, par petits cou jour à jour... et dire que jusqu fin de ma vie je suis lié à cette ture, qu'elle ne me lâchera ja Après le mariage de Rose, nous retrouverons au mariage de Nin plus tard, devenus grands-pa nous nous rencontrerons à des têmes. Je l'aurai pour commère, verrez, une commère qui appr à mes petits-enfants à me dé ainsi qu'elle l'a appris à mes fi Ah ! le divorce, ce tranchemer lien, que je célébrais comme une vrance, vous rappelez-vous... j'étais si joyeux, si fier..., mais on a des enfants, le divorce même pas une solution. »

Mme Hulin secoua doucem tête :

« Avec des enfants, la sépa ne vaut guère mieux... elle qu'apparente, fictive... l'enfant

jours entre le père et la mère. »
Ce fut exprimé de cette voix profonde, sombrée, dont elle confessait ses vrais chagrins ; car son timbre habituel était de cristal vibrant et rapide comme tout son être.

« Alors, quoi ?... que faire ? » murmura Fagan. Après un long silence où mouraient les dernières mesures d'une marche de *Lohengrin*, il acheva tout haut le muet conciliabule de leurs deux pensées : « Oui, l'intégrité du mariage, tout le bonheur serait là... se dire en choisissant sa femme : quand je mourrai, voici l'épaule où j'appuierai ma tête pour dormir, les lèvres qui fermeront mes yeux. Aussi je veux cette épaule très douce, très sûre, ces lèvres fraîches et rien que pour moi... C'est ainsi que j'avais compris le mariage. »

Pauline soupira tristement. Ce fut sa seule réponse, conforme et approbative.

Ils venaient de descendre le large perron arrondi de la terrasse, erraient autour du grand bassin, tout frissonnant sous le ciel rose et l'angoisse du soir qui tombait. Ce frisson les gagnait, jusqu'à l'enfant qui ne courait plus, serré dans la robe noire de sa mère.

« Si nous rentrions, » dit-elle au bout d'un instant... « en voilà bien long pour une première journée dehors...

— Eh bien ! rentrons... » fit Régis sur le même ton découragé.

A la sortie, dans le bruissement de la foule qui s'écoulait, il cherchait une voiture, quand, à quelques pas plus loin, il aperçut Mme La Posterolle et ses filles, qui s'étaient sans doute attardées à la musique et remontaient dans leur landau. Les toilettes claquantes de ces dames, l'équipage un peu voyant rassemblaient des curieux dont Rose et Ninette paraissaient très fières.

« Ecartons-nous... » dit tout bas Fagan à sa compagne... Avoir ses chéries, là, tout près de lui, brillantes et pimpantes, et ne pouvoir les embrasser, cela lui faisait trop de mal ! Et c'était bien une victime du divorce, ce pauvre homme, regardant ses filles, leur mère, sa vraie famille, s'éloigner à toute vitesse dans ce landau plein de rires et de rubans clairs, tandis qu'il restait au bord du trottoir, incertain et vague dans la nuit presque venue, avec cette femme et cet enfant, dont le grand deuil, qu'il accompagnait mais ne partageait pas, disait assez combien ils étaient, combien ils demeureraient probablement toujours étrangers les uns aux autres.

FIN

Les Trois Messes Basses

I

— Deux dindes truffées, Garrigou ?...

— Oui, mon révérend, deux dindes magnifiques, bourrées de truffes.
J'en sais quelque chose, puisque c'est
moi qui ai aidé à les remplir. On aurait dit que leur peau allait craquer
en rôtissant, tellement elle était tendue...

— Jésus-Maria ! moi qui aime tant
les truffes !... Donne-moi vite mon
surplis, Garrigou... Et avec les dindes, qu'est-ce que tu as encore aper-
çu à la cuisine ?...

— Oh ! toutes sortes de bonnes
choses. Depuis midi nous n'avons fait
que plumer des faisans, des huppes,
des gélinottes, des coqs de bruyère.
La plume en volait partout... Puis de
l'étang on a apporté des anguilles,
des carpes dorées, des truites, des...

— Grosses comment, les truites,
Garrigou ?

— On ne peut plus grosses, mon
révérend... Énormes !...

— Oh ! Dieu ! il me semble que je
les vois... As-tu mis le vin dans les
burettes ?

— Oui, mon révérend, j'ai mis le
vin dans les burettes... Mais dame ! il
ne vaut pas celui que vous boirez tout
à l'heure en sortant de la messe de
minuit. Si vous voyiez cela dans la
salle à manger du château ! Toutes
les carafes qui flambent pleines de
vins de toutes les couleurs !... Et la
vaisselle d'argent, les surtouts ciselés,
les fleurs, les candélabres !... Jamais
il ne se sera vu un réveillon pareil.
Monsieur le marquis a invité tous les
seigneurs du voisinage.

« Vous serez au moins quarante à
table sans compter les baillis ni le tabellion... Ah ! vous êtes bien heureux
d'en être, mon révérend !... Rien que
d'avoir flairé ces belles dindes, l'o-
deur des truffes me suit partout.
Meuh !...

— Allons, allons, mon enfant. Gar-
dons-nous du péché de gourmandise,
surtout la nuit de la Nativité... Va
bien vite allumer les cierges et sonner

le premier coup de la messe ; car voilà que minuit est proche, et il ne faut pas nous mettre en retard... »

Cette conversation se tenait une nuit de Noël de l'an de grâce mil six cent et tant, entre le révérend dom Balaguère, ancien prieur des Barnabites, présentement chapelain gagé des sires de Trinquelague, et son petit clerc Garrigou, ou du moins ce qu'il croyait être le petit clerc Garrigou, car vous saurez que le diable, ce soir-là, avait pris la face ronde et les traits indécis du jeune sacristain pour mieux induire le révérend père en tentation et lui faire commettre un épouvantable péché de gourmandise. Donc, pendant que le soi-disant Garrigou (hum ! hum !) faisait à tour de bras carillonner les cloches de la chapelle seigneuriale, le révérend achevait de revêtir sa chasuble dans la petite sacristie du château ; et, l'esprit déjà troublé par toutes ces descriptions gastronomiques, il se répétait à lui-même en s'habillant :

« Des dindes rôties... des carpes dorées... des truites grosses comme ça !... »

Dehors, le vent de la nuit soufflait, éparpillant la musique des cloches, et, à mesure, des lumières apparaissaient dans l'ombre aux flancs du mont Ventoux, en haut duquel s'élevaient les vieilles tours de Trinquelague. C'étaient des familles de métayers qui venaient entendre la messe de minuit au château. Ils grimpaient la côte en chantant par groupes de cinq ou six, le père en avant, la lanterne en main, les femmes enveloppées dans leurs grandes mantes brunes où les enfants se serraient et s'abritaient. Malgré l'heure et le froid, tout ce brave peuple marchait allègrement, soutenu par l'idée qu'au sortir de la messe il y aurait, comme tous les ans, table mise pour eux en bas dans les cuisines. De temps en temps, sur la rude montée, le carrosse du seigneur, précédé de porteurs de torches, faisait miroiter ses glaces au clair de lune, ou bien une mule trottait en agitant ses sonnailles, et à la lueur de falots enveloppés de brume, les métayers reconnaissaient leur bailli et le saluaient au passage :

« Bonsoir, bonsoir, maître Arnoton !

— Bonsoir, bonsoir, mes enfants ! »

La nuit était claire, les étoiles avivées de froid ; la bise piquait, et un fin grésil, glissant sur les vêtements sans les mouiller, gardait fidèlement la tradition des Noëls blancs de neige. Tout en haut de la côte, le château apparaissait comme le but, avec sa masse énorme de tours, de pignons, le clocher de sa chapelle montant dans le ciel bleu noir, et une foule de petites lumières qui clignotaient, allaient, venaient, s'agitaient à toutes les fenêtres, et ressemblaient, sur le fond sombre du bâtiment, aux étincelles courant dans des cendres de papier brûlé... Passé le pont-levis et la poterne, il fallait, pour se rendre à la chapelle, traverser la première cour, pleine de carrosses, de valets, de chaises à porteurs, toute claire du eu des torches et de la flambée des cuisines. On entendait le tintement des tournebroches, le fracas des casserolles, le choc des cristaux et de l'argenterie remués dans les apprêts d'un repas ; par là-dessus, une vapeur tiède, qui sentait bon les chairs rôties et les herbes fortes des sauces compliquées, faisait dire aux métayers, comme au chapelain, comme au bailli, comme à tout le monde :

« Quel bon réveillon nous allons faire après la messe ! »

II

Drelindin din !... Drelindin din !... C'est la messe de minuit qui commence. Dans la chapelle du château, une cathédrale en miniature, aux arceaux entre-croisés, aux boiseries de chêne, montant jusqu'à hauteur des murs, les tapisseries ont été tendues, tous les cierges allumés. Et que de monde ! Et que de toilettes ! Voici d'abord, assis dans les stalles sculptées qui entourent le chœur, le sire de Trinquelague en habit de taffetas saumon, et près de lui tous les nobles seigneurs invités. En face, sur des prie-Dieu garnis de velours, ont pris place la vieille marquise douairière dans sa robe de brocart couleur de feu, et la jeune dame de Trinquelague, coiffée d'une haute tour de dentelle gaufrée à la dernière mode de la cour de France. Plus bas on voit, vêtus de noir, avec de vastes perruques en pointe et des visages rasés, le

bailli Thomas Arnoton et le tabellion maître Ambroy, deux notes graves parmi les soies voyantes et les damas brochés. Puis viennent les gras majordomes, les pages, les piqueurs, les intendants, dame Barbe, toutes ses clefs pendues sur le côté à un clavier d'argent fin. Au fond, sur les bancs, c'est le bas office, les servantes, les métayers avec leurs familles ; et enfin, là-bas, tout contre la porte qu'ils entr'ouvrent et referment discrètement, messieurs les marmitons qui viennent entre deux sauces prendre un petit air de messe et apporter une odeur de réveillon dans l'église toute en fête et tiède de tant de cierges allumés.

Est-ce la vue de ces petites barrettes blanches qui donne des distractions à l'officiant ? Ne serait-ce pas plutôt la sonnette de Garrigou, cette enragée petite sonnette qui s'agite au pied de l'autel avec une précipitation infernale et semble dire tout le temps : « Dépêchons-nous, dépêchons-nous... Plus tôt nous aurons fini, plus tôt nous serons à table. » Le fait est que chaque fois qu'elle tinte, cette sonnette du diable, le chapelain oublie sa messe et ne pense plus qu'au réveillon. Il se figure les cuisiniers en rumeur, les fourneaux où brûle un feu de forge, la buée qui monte des couvercles entr'ouverts, et dans cette buée deux dindes magnifiques, bourrées, tendues, marbrées de truffes...

Ou bien encore il voit passer des files de petits pages portant des plats enveloppés de vapeurs tentantes, et avec eux il entre dans la grande salle déjà prête pour le festin. O délices ! voilà l'immense table toute chargée et flamboyante, les paons habillés de leurs plumes, les faisans écartant leurs ailes mordorées, les flacons couleur de rubis, les pyramides de fruits éclatants parmi les branches vertes, et ces merveilleux poissons dont parlait Garrigou (ah ! bien oui, Garrigou !) étalés sur un lit de fenouil, l'écaille nacrée comme s'ils sortaient de l'eau, avec un bouquet d'herbes odorantes dans leurs narines de monstres. Si vive est la vision de ces merveilles, qu'il semble à dom Balaguère que tous ces plats mirifiques sont servis devant lui sur les broderies de la nappe d'autel, et deux ou trois fois, au lieu de *Dominus vobiscum !* il se surprend à dire le *Benedicite*. A part ces légères méprises, le digne homme débite son office très consciencieusement, sans passer une ligne, sans omettre une génuflexion ; et tout marche assez bien jusqu'à la fin de la première messe ; car vous savez que le jour de Noël le même officiant doit célébrer trois messes consécutives.

« Et d'une ! » se dit le chapelain avec un soupir de soulagement ; puis, sans perdre une minute, il fait signe à son clerc ou celui qu'il croit être son clerc, et...

Drelindin din !... Drelindin din !

C'est la seconde messe qui commence, et avec elle commence aussi le péché de dom Balaguère. « Vite, vite, dépêchons-nous, » lui crie de sa petite voix aigrelette la sonnette de Garrigou, et cette fois, le malheureux officiant, tout abandonné au démon de gourmandise, se rue sur le missel et dévore les pages avec l'avidité de son appétit surexcité. Frénétiquement il se baisse, se relève, esquisse les signes de croix, les génuflexions, raccourcit tous ses gestes pour avoir plus tôt fini. A peine s'il étend ses bras à l'évangile, s'il frappe sa poitrine au *Confiteor*. Entre le clerc et lui, c'est à qui bredouillera le plus vite. Versets et répons se précipitent, se bousculent. Les mots à moitié prononcés, sans ouvrir la bouche, ce qui prendrait trop de temps, s'achèvent en murmures incompréhensibles.

Oremus ps... ps... ps...
Mea culpa... pa... pa...

Pareils à des vendangeurs pressés foulant le raisin de la cuve, tous deux barbottent dans le latin de la messe, en envoyant des éclaboussures de tous les côtés.

Dom... scum !... dit Balaguère.

... Stutuo !... répond Garrigou ; et tout le temps la damnée petite sonnette est là qui tinte à leurs oreilles, comme ces grelots qu'on met aux chevaux de poste pour les faire galoper à la grande vitesse. Pensez que de ce train-là une messe basse est vite expédiée.

« Et de deux ! » dit le chapelain tout essoufflé ; puis sans prendre le temps de respirer, rouge, suant, il dégringole les marches de l'autel et...

Drelindin din !... Drelindin din !...

C'est la troisième messe qui commence. Il n'y a plus que quelques pas à faire pour arriver à la salle à manger ; mais, hélas ! à mesure que le réveillon approche, l'infortuné Balaguère se sent pris d'une folie d'impatience et de gourmandise. Sa vision s'accentue, les carpes dorées, les dindes rôties sont là, là... Il les touche ; il les... Oh ! Dieu ! Les plats fument, les vins embaument ; et, secouant son grelot enragé, la petite sonnette lui crie :

« Vite, vite, encore plus vite !... »

Mais comment pourrait-il aller plus vite ? Ses lèvres remuent à peine. Il ne prononce plus les mots... A moins de tricher tout à fait le bon Dieu et de lui escamoter sa messe... Et c'est ce qu'il fait, le malheureux !... De tentation en tentation, il commence par sauter un verset, puis deux. Puis l'Epître est trop longue, il ne la finit pas, effleure l'Evangile, passe devant le *Credo* sans entrer, saute le *Pater*, salue de loin la préface, et par bonds et par élans se précipite ainsi dans la damnation éternelle, toujours suivi de l'infâme Garrigou (*vade retro, Satanas !*) qui le seconde avec une merveilleuse entente, lui relève sa chasuble, tourne les feuillets deux par deux, bouscule les pupitres, renverse les burettes, et sans cesse secoue la petite sonnette de plus en plus fort, de plus en plus vite.

Il faut voir la figure effarée que font les assistants ! Obligés de suivre à la mimique du prêtre cette messe dont ils n'entendent pas un mot, les uns se lèvent quand les autres s'agenouillent, s'asseyent quand les autres sont debout ; et toutes les phases de ce singulier office se confondent sur les bancs dans une foule d'attitudes diverses. L'étoile de Noël, en route dans les chemins du ciel, là-bas, vers la petite étable, pâlit d'épouvante en voyant cette confusion...

« L'abbé va trop vite... On ne peut pas suivre, » murmure la vieille douairière en agitant sa coiffe avec égarement. Maître Arnoton, ses grandes lunettes d'acier sur le nez, cherche dans son paroissien où diantre on peut bien en être. Mais au fond tous ces braves gens, qui, eux aussi, pensent à réveillonner, ne sont pas fâchés que la messe aille ce train de poste ; et quand dom Balaguère, la figure rayonnante, se tourne vers l'assistance en criant de toutes ses forces : *Ite missa est*, il n'y a qu'une voix dans la chapelle pour lui répondre un *Deo gratias* si joyeux, si entraînant, qu'on se croirait déjà à table au premier toast du réveillon.

III

Cinq minutes après, la foule des seigneurs s'asseyait dans la grande salle, le chapelain au milieu d'eux. Le château, illuminé du haut en bas, retentissait de chants, de cris, de rumeurs ; et le vénérable dom Balaguère plantait sa fourchette dans une gélinotte, noyant le remords de son péché sous des flots de vin du pape et de bons jus de viandes. Tant il but et mangea, le pauvre saint homme, qu'il mourut dans la nuit d'une terrible attaque, sans avoir eu seulement le temps de se repentir, puis au matin, il arriva dans le ciel encore tout en rumeur des fêtes de la nuit, et je vous laisse à penser comme il y fut reçu.

« Retire-toi de mes yeux, mauvais chrétien ! lui dit le souverain Juge, notre maître à tous. Ta faute est assez grande pour effacer toute une vie de vertu... Ah ! tu m'as volé une messe de nuit... Eh bien ! tu m'en payeras trois cents en place, et tu n'entreras en paradis que quand tu auras célébré dans ta propre chapelle ces trois cents messes de Noël en présence de tous ceux qui ont péché par ta faute et avec toi...

... Et voilà la vraie légende de dom Balaguère comme on la raconte aux pays des olives. Aujourd'hui le château de Trinquelague n'existe plus, mais la chapelle se tient encore droite, tout en haut du mont Ventoux, dans un bouquet de chênes verts. Le vent fait battre sa porte disjointe, l'herbe encombre le seuil ; il y a des nids aux angles de l'autel et dans l'embrasure des hautes croisées dont les vitraux coloriés ont disparu depuis longtemps. Cependant il paraît que tous les ans, à Noël, une lumière surnaturelle erre parmi ces ruines, et qu'en allant aux messes et aux réveillons, les paysans aperçoivent ce spectre de chapelle éclairé de cierges invisibles qui brûlent au grand air, même sous la neige et le vent. Vous en rirez si vous voulez, mais un vigneron de l'endroit, nommé Garrigue, sans doute un descendant de Garrigou, m'a affirmé qu'un soir de Noël, se trouvant un peu en ribote, il s'était perdu dans la montagne du côté de Trinquelague ; et voici ce qu'il avait vu... Jusqu'à onze heures, rien. Tout était silencieux, éteint, inanimé. Soudain, vers minuit, un carillon sonna tout en haut du clocher, un vieux, vieux carillon qui avait l'air d'être à dix lieues. Bientôt, dans le chemin qui monte, Garrigue vit trembler des feux, s'agiter des ombres indécises. Sous le porche de la chapelle, on marchait, on chuchotait :

« Bonsoir, maître Arnoton !

— Bonsoir, bonsoir, mes enfants !... »

Quand tout le monde fut entré, mon vigneron, qui était très brave, s'approcha doucement, et, regardant par la porte cassée, eut un singulier spectacle. Tous ces gens qu'il avait vus passer étaient rangés autour du chœur, dans la nef en ruine, comme si les anciens bancs existaient encore. De belles dames en brocart avec des coiffes de dentelle, des seigneurs chamarrés du haut en bas, des paysans en jaquettes fleuries ainsi qu'en avaient nos grands-pères, tous l'air vieux, fané, poussiéreux, fatigué. De temps en temps, des oiseaux de nuit, hôtes habituels de la chapelle, réveillés par toutes ces lumières, venaient rôder autour des cierges dont la flamme montait droite et vague comme si elle avait brûlé derrière une gaze ; et ce qui amusait beaucoup Garrigue, c'était un certain personnage à grandes lunettes d'acier, qui secouait à chaque instant sa haute perruque noire sur laquelle un de ces oiseaux se tenait droit tout empêtré en battant silencieusement des ailes...

Dans le fond, un petit vieillard de taille enfantine, à genoux au milieu du chœur, agitait désespérément une sonnette sans grelots et sans voix, pendant qu'un prêtre habillé de vieil or allait, venait devant l'autel en récitant des oraisons dont on n'entendait pas un mot... Bien sûr c'était dom Balaguère, en train de dire sa troisième messe basse.

SELECT-COLLECTION

LE VOLUME (contenant un roman complet) : 1 FRANC 20

VOLUMES PARUS :

1. GYP . . . . LA GINGUETTE.
2. Alphonse DAUDET. . . . . ROSE ET NINETTE.
3. Jules CLARETIE, de l'Académie Française . . . . LE MILLION.
4. Émile ZOLA . . . . THÉRÈSE RAQUIN.
5. Jean RICHEPIN, de l'Académie Française. . . . . MADAME ANDRÉ.
6. Georges COURTELINE. . . . . LES GAITÉS DE L'ESCADRON.
7. Henri de RÉGNIER, de l'Académie Française . . LES VACANCES D'UN JEUNE HOMME SAGE
8. E. et J. de GONCOURT . . . . MADAME GERVAISAIS.
9. André THEURIET, de l'Académie Française. . . . LA PETITE DERNIÈRE.
10. Henri LAVEDAN, de l'Académie Française . . . . A TABLE !
11. Édouard ROD . . . . DERNIER REFUGE.
12. Alphonse DAUDET. . . . . TARTARIN DE TARASCON.
13. Émile ZOLA . . . . MADELEINE FÉRAT
14. Max et Alex FISCHER . . . . POUR S'AMUSER EN MÉNAGE.
15. GYP. . . . . GENEVIÈVE.
16. Alfred CAPUS, de l'Académie Française. . . . . FAUX DÉPART.
17. Jean RICHEPIN, de l'Académie Française . . . . CÉSARINE.
18. Paul MARGUERITTE, de l'Académie Goncourt. MAISON OUVERTE.
19. Abel HERMANT. . . . . EDDY ET PADDY.
20. Jean AICARD, de l'Académie Française. . . . . BENJAMINE.
21. Michel CORDAY . . . . LA MÉMOIRE DU CŒUR.
22. André THEURIET, de l'Académie Française. . . LES AMOURS D'ESTÈVE.
23. Louis de ROBERT . . . . UN TENDRE.
24. Catulle MENDÈS . . . . ZO'HAR.
25. Jules RENARD, de l'Académie Goncourt. . . . POIL DE CAROTTE.
26. Alphonse DAUDET. . . . . ROBERT HELMONT.
27. Jules SANDEAU, de l'Académie Française. . . . MADELEINE.
28. Léon FRAPIÉ. . . . . LA MATERNELLE.
29. Georges COURTELINE . . . . LE TRAIN DE 8 H. 47.
30. J.-H. ROSNY, de l'Académie Goncourt. . . . . LE CRIME DU DOCTEUR.
31. GYP. . . . . MICHE.
32. Émile ZOLA . . . . CONTES A NINON.
33. Victor MARGUERITTE. . . . . LES FRONTIERES DU CŒUR.
34. Claude FARRÈRE . . . . MADEMOISELLE DAX JEUNE FILLE.
35. Max et Alex FISCHER. . . . . L'AMANT DE LA PETITE DUBOIS.
36. André THEURIET, de l'Académie Française. . . . HÉLÈNE.
37. Alphonse DAUDET . . . . SAPHO.
38. Georges d'ESPARBES . . . . LES DEMI-SOLDE.
39. Jules CLARETIE, de l'Académie Française . . . L'ACCUSATEUR.
40. Maurice DONNAY, de l'Académie Française. . . ÉDUCATION DE PRINCE.
41. André THEURIET, de l'Académie Française. . . AU PARADIS DES ENFANTS.
42. Edmond de GONCOURT. . . . . LES FRÈRES ZEMGANNO.
43. Charles-Henry HIRSCH. . . . . LES CHATEAUX DE SABLE.
44. Émile ZOLA . . . . LE RÊVE.
45. Henri LAVEDAN, de l'Académie Française . . . . NOCTURNES.
46. André THEURIET, de l'Académie Française . . MADEMOISELLE GUIGNON.
47. COLETTE (Colette Willy) . . . . LA RETRAITE SENTIMENTALE.
48. Henri GRÉVILLE. . . . . SONIA.
49. Alphonse DAUDET . . . . TARTARIN SUR LES ALPES.
50. Paul et Victor MARGUERITTE . . . . . . FEMMES NOUVELLES.
51. Théophile GAUTIER . . . . LE ROMAN DE LA MOMIE.
52. Henri de RÉGNIER, de l'Académie Française . . ROMAINE MIRMAULT.
53. Louis de ROBERT. . . . . LE PARTAGE DU CŒUR.
54. Georges COURTELINE . . . . MESSIEURS LES RONDS-DE-CUIR.
55. Léon DAUDET, de l'Académie Goncourt . . . . SUZANNE.
56. Paul BOURGET, de l'Académie Française. . . . L'ENVERS DU DECOR.
57. André THEURIET, de l'Académie Française. . . . REINE DES BOIS.
58. Max et Alex FISCHER. . . . . L'INCONDUITE DE LUCIE.
59. Abel HERMANT. . . . . LES RENARDS.
60. GYP. . . . . L'AMOUREUX DE LINE.
61. Claude FARRÈRE. . . . . DIX-SEPT HISTOIRES DE MARINS
62. Paul BOURGET, de l'Académie Française. . . . LES DEUX SŒURS.
63. André THEURIET, de l'Académie Française. . . LA FORTUNE D'ANGÈLE.
64. Lucie DELARUE-MARDRUS . . . . LE ROMAN DE SIX PETITES FILLES
65. Alphonse DAUDET. . . . . LE PETIT CHOSE.
66. Claude FARRÈRE . . . . L'HOMME QUI ASSASSINA.
67. Alfred CAPUS, de l'Académie Française . . . . ROBINSON.
68. Paul et Victor MARGUERITTE . . . . . . POUM.
69. André THEURIET, de l'Académie Française. . . MADAME HEURTELOUP.
70. Max et Alex FISCHER . . . . LA DAME TRÈS BLONDE.
71. Paul BOURGET, de l'Académie Française . . . LE FANTOME.
72. Michel CORDAY . . . . LES FRÈRES JOLIDAN.

SCEAUX. — IMPRIMERIE CHARAIRE